無双流逃亡剣

御刀番 黒木兵庫

藤井邦夫

双葉文庫

目次

無双流逃亡《のがれ》剣

御刀番　黒木兵庫

第一章　偽りの父子

一

江戸城には三十六の見附門《みつけもん》があり、神田川《かんだがわ》に架《か》かる小石川《こいしかわ》御門外には御三家水《み》戸《と》藩江戸上屋敷があった。

水戸徳川家は神君家康《しんくんいえやす》公の十一男頼房《よりふさ》を藩祖とし、九男義直《よしなお》の尾張《おわり》藩、十男頼《より》宣《のぶ》の紀州《きしゅう》藩と共に御三家《ごさんけ》と称された。

徳川御三家は、徳川宗家《そうけ》の将軍家に嗣子《しし》のない時に御三卿《ごさんきょう》と共に継嗣《けいし》を出す立場だ。しかし、水戸徳川家の官位は、尾張家や紀伊家の権大納言《ごんだいなごん》とは違い、正三位《しょうさんみ》中納言《ちゅうなごん》で副将軍と称された。

因《ちな》みに、〝黄門〟とは正三位中納言の唐名である。

水戸徳川家の当主は定府《じょうふ》とされて江戸で暮らし、国元の常陸国《ひたちのくに》水戸領には時々しか行く事はなかった。

水戸徳川家八代当主斉脩《なりのぶ》は、十一代将軍家斉《いえなり》の八女・峰姫《みねひめ》を正室《せいしつ》に迎えた。その陰には、老中水野出羽守忠成《みずのでわのかみただあきら》の家老・土方縫殿助《ひじかたぬいのすけ》と水戸藩江戸家老の榊原淡路守《さかきばらあわじのかみ》の画策《かくさく》があり、峰姫は一万両の化粧料づきで嫁《とつ》いだ。

十一代将軍の家斉は、側室《そくしつ》四十人に子供が五十五人いた。家斉はその子たちの養子や嫁ぎ先の大名を優遇した。

峰姫は、その家斉の八番目の娘として生まれ、気位《きぐらい》が高く傲慢《ごうまん》な人柄であった。

水戸藩は小石川御門外に江戸上屋敷、本郷追分《ほんごうおいわけ》に中屋敷、向島小梅《むこうじまこうめ》に下屋敷があった。

正室の峰姫は、本来なら江戸上屋敷で夫の斉脩と一緒に暮らすべきなのだが、本郷追分の江戸中屋敷で老女の佐和《さわ》とお付きの奥女中や家来たちに取り囲まれて気儘《きまま》に暮らしていた。

そこには、主筋である将軍家の姫が、家臣である水戸家に嫁に来てやったと云《い》う傲慢さが窺《うかが》えた。

水戸藩江戸中屋敷の奥御殿は、夜の静けさに覆《おお》われていた。

峰姫の居間には、燭台《しょくだい》の仄《ほの》かな明かりが揺れていた。

退屈な一日が漸《ようや》く終わる……。

峰姫は、赤い唇を酒に濡《ぬ》らして脇息《きょうそく》にもたれ掛かった。

奥女中の楓《かえで》は、峰姫の空《から》になった盃《さかずき》に静かに酒を満たした。

「姫さま……」

老女の佐和が、次《つぎ》の間《ま》から峰姫の居間に入って来た。

「佐和か……」

「はい……」

老女の佐和は、老いた顔の眉間《みけん》に縦皺《たてじわ》を寄せた。

「酒《ささ》は程々に……」

老女の佐和は、峰姫を手塩に掛けて育てた乳母《うば》であり、遠慮はない。

「退屈な毎日、酒でも飲まぬと眠れぬわ……」

峰姫は、盃に満たされた酒を飲み干した。

小石川御門外の江戸上屋敷と、本郷追分の江戸中屋敷は遠くはない。

夫の斉脩は、峰姫のいる中屋敷を月に一度は訪れる。だが、峰姫が斉脩のいる上屋敷に行く事は滅多にない。斉脩にしても、峰姫のいる中屋敷に赴《おもむ》くのは、岳《がく》父《ふ》である将軍家の眼を意識しての事だ。

「楓、姫さまのお相手は私が致します。お下がりなさい」

「はい……」

楓は、峰姫に平伏《へいふく》して下がって行った。

「何用だ……」

「国元の虎松君《とらまつぎみ》、今年、袴着《はかまぎ》にございます」

「虎松、五歳か……」

峰姫は、細い眉をひそめた。

「左様《さよう》にございます。お殿さまが祝いの裃《かみしも》と家紋入りの脇差《わきざし》を贈ったそうにございます」

〝七五三〟は、七歳の女子の帯解《おびとき》、五歳の男子の袴着、三歳の男女子の髪置《かみおき》の三種の祝儀だ。

五歳の男子の袴着は武家の行事であり、初めて裃を着させる儀式だ。

「殿が……」

峰姫は、口許《くちもと》に盃を運ぶ手を止めた。

「このままでは、水戸家三十五万石の家督は虎松君に……」

佐和は、厳しさを含んだ眼を峰姫に向けた。

「ならぬ……」

峰姫は、苛立《いらだ》たしげに酒を飲んだ。

「ならば……」

佐和は小さな眼を輝かせ、小柄で痩《や》せた身体を乗り出した。

「水戸家の家督は、正室の妾《わらわ》の子が受け継ぐのじゃ。虎松が如何《いか》に長子《ちょうし》であろうが、所詮《しょせん》は側室の生んだ庶子《しょし》……」

当主の斉脩には、正室の峰姫の他に三人の側室がいた。その一人のお眉《まゆ》の方《かた》は、国元である常陸国水戸藩におり、虎松と云う五歳になる男の子がいた。

お眉の方は、水戸家の家来筋の家の出だ。だが、斉脩はお眉の方を深く愛し、虎松を可愛《かわい》がっていた。

峰姫は許せなかった。

側室お眉の方と虎松に水戸家の家督を渡すのは、将軍家姫君の矜恃《きょうじ》と女としての意地が許さなかった。

「佐和……」

峰姫は、己の言葉を待っている佐和を見据《みす》えた。

「はい……」

佐和は、峰姫の言葉を待った。

燭台の火が、小さな音を鳴らして瞬《また》いた。

「何があっても、虎松に水戸家の家督を継がせてはならぬ……」

峰姫の眼には、燭台で瞬く火が映えた。

「何があっても……」

佐和は念を押した。

「左様、何があってもじゃ……」

峰姫の眼に映える燭台の火は、妖《あや》しく瞬いていた。

「心得《こころえ》ましてございます……」

佐和は、峰姫の意図を読み取り、小さな眼を嬉《うれ》しげに血走らせて頷《うなず》いた。

峰姫は、冷たい笑みを浮かべて酒を呷《あお》った。

燭台の火は瞬いた。

三縁山増上寺《さんえんざんぞうじょうじ》の鐘は、未《ひつじ》の刻八つ（午後二時）を告げていた。大和国柳生藩《やまとのくにやぎゅう》江戸上屋敷は、増上寺裏門の傍にあった。

柳生藩江戸上屋敷の広間は薄暗く、上段の間には大きな柳生笠の家紋が描かれていた。

老女の佐和は、広間の真ん中に小柄な身体を縮めるようにして座っていた。

「お待たせ致した」

不意に中年男の野太い声がした。

佐和は、皺《しわ》の刻まれた顔を上げて親しげな笑みを浮べた。

「これは対馬《つしま》どの、お久しゅうございます」

佐和は、いつの間にか上段の間に現われた柳生藩藩主柳生対馬守に挨拶《あいさつ》をした。

「佐和どの、相変わらず達者のようですな」

柳生対馬守は、老女の佐和とは旧知の仲らしく苦笑した。

「お陰さまで……」

「峰姫さまも……」

「それは、もう……」

「して、御用は……」

対馬守は、探るような鋭い眼で佐和を見据えた。

「水戸にいる虎松君を……」

佐和は、小さな眼で対馬守を睨《にら》み付けた。

「虎松君……」

対馬守は眉をひそめた。

「対馬どの、今更聞かぬとは云わせませんぞ」

佐和は、小さな眼を血走らせた。

「ならば佐和どの……」

対馬守は緊張を漲《みなぎ》らせた。

「左様……」

佐和は血走った眼を輝かせ、老いた顔に刻まれた皺を深くして頷いた。

柳生家の藩祖である但馬守宗矩《たじまのかみむねのり》は、柳生新陰《しんかげ》流を以《もっ》て徳川家康に仕え、惣目付《そうめつけ》として徳川幕府の礎《いしずえ》を築いた一人だ。

そして泰平《たいへい》の世、柳生家は幕府での役目を失い、一万石の小大名でしかない。

だが、表向きは一万石の小大名でも、柳生家には裏の顔がある。それは、徳川宗家の為に働く隠密《おんみつ》組織としての顔だ。

裏柳生……。

俗に裏柳生と称される隠密組織は、将軍家を密《ひそ》かに警護し、敵方に潜入して秘密を探り、邪魔者を闇に葬《ほうむ》る役目を担っていた。

柳生藩江戸下屋敷は上大崎《かみおおさき》の田畑の緑に囲まれ、対馬守の叔父である裏柳生総《そう》帥《すい》の柳生幻也斎《げんやさい》が暮らしていた。

「警護、探索、刺客《しかく》。何《いず》れかな……」

柳生幻也斎は、白い総髪《そうはつ》を揺らしもせず無表情に尋ねた。

「刺客……」

対馬守は短く答えた。

「獲物は……」

幻也斎は、穏《おだ》やかな眼で対馬守を見つめた。

「水戸家当主斉脩公側室お眉の方の一子、虎松……」

「水戸家の虎松……」

幻也斎は念を押した。

「左様……」

「成る程《なるほど》……」

幻也斎は、虎松の暗殺依頼をして来たのが誰なのかと、その理由を読んだ。

裏柳生総帥の柳生幻也斎は、配下の者たちを使って大名や大身旗本《たいしんはたもと》家の内情を常に探っている。幻也斎の探索は大名旗本だけに止《とど》まらず、密かに御三家御三卿や将軍家にも及んでいた。

「ならば……」

対馬守は、幻也斎を促《うなが》した。

「心得た……」

幻也斎は微笑《ほほえ》んだ。


夜半過ぎ。

上大崎の柳生藩江戸下屋敷は、田畑から湧き上がる虫の音に囲まれていた。

下屋敷の裏門が音もなく開き、七人の雲水《うんすい》が現われた。虫の音が止《や》み、静寂が訪れた。

七人の雲水は、錫杖《しゃくじょう》の鐶《たまき》を鳴らして田畑の中の道を進み、闇に消えた。

虫の音が再び湧き上がり、柳生藩江戸下屋敷を覆った。

那珂川《なかがわ》の流れは緩《ゆる》やかだった。

常陸国水戸藩三十五万石は、宝永《ほうえい》年間（一七〇四〜一一）に藩政改革に挑んだが、農民たちの一揆《いっき》に遭って頓挫《とんざ》し、藩政は滞《とどこお》り、領民は減り続けた。そして、寛政《かんせい》の頃から再び藩政改革の機運《きうん》が高まって来ていた。

水戸城は那珂川沿いにあり、藩主斉脩の側室お眉の方と長子虎松は、城内の鹿《か》島《しま》神社の傍《そば》にある館で暮らしていた。

お眉の方は、水戸藩家臣奥山頼母《おくやまたのも》の娘であり、二十歳の時に領内巡察に来た斉脩に見初《みそ》められて側室に望まれた。五年後、お眉の方は男児を産んだ。

斉脩は、お眉の方の子を虎松と名付けて水戸に置き、五年の歳月が過ぎた。

お眉の方と虎松は、僅《わず》かな家来や奥女中たちと館で穏やかに暮らしていた。

館の傍には、常陸国鹿島神宮から勧請《かんじょう》した鹿島神社があった。

鹿島神宮は、武甕槌神《たけみかづちのかみ》を祭神とした常陸国一の宮であり、古来軍神として武人に信仰されていた。

水戸家の藩祖頼房は、鹿島神社を城内に勧請して己の武功を祈った。そして、鹿島神社の宝物殿には、藩主所蔵の幾振りもの名刀や槍《やり》などが保管されている。

五歳になった虎松は、遊び場所も館内から庭先に広がっていた。

虎松は、遊び相手の奥女中の眼を盗んで館を脱《ぬ》け出し、隣にある鹿島神社の境《けい》内《だい》に入り込んだ。

鹿島神社の境内は、木々の梢《こずえ》が風に揺れて木洩《こも》れ日《び》が煌《きら》めいていた。

虎松は、古い神社を物珍しそうに見上げながら周囲を廻《まわ》り、裏手の宝物殿に進んだ。

虎松は首を捻《ひね》った。

若い家臣が、宝物殿の階《きざはし》に腰掛けて居眠りをしていた。

虎松は、居眠りをしている若い家臣の前に立った。

若い家臣は、虎松の気配に気付いて眼を覚ました。

「そちは誰じゃ……」

虎松は、若い家臣を睨み付けた。

「えっ……」

若い家臣は、寝惚《ねぼ》け眼《まなこ》で戸惑った。

「お虎……」

「虎松さま……」

お眉の方が、奥女中や小者《こもの》たちと虎松を捜しながらやって来た。

「お虎……」

お眉の方は、虎松を見つけて満面に安堵《あんど》を浮かべた。

「母上……」

虎松は、機嫌良く笑った。

「虎松さま……」

奥女中たちは虎松を取り囲み、その身に怪我《けが》がないかを調べた。

若い家臣は、虎松の素性《すじょう》に気付き、慌てて階を降りて控えた。

お眉の方は、宝物殿の前に控えた若い家臣に気付いた。

「そなた……」

お眉の方は、若い家臣に怪訝《けげん》な声を掛けた。

「はい。御納戸《おなんど》方刀番黒木兵庫《かたかたなばんくろきひょうご》にございます」

若い家臣は、顔をあげてお眉の方に笑い掛けた。

御納戸方とは、藩主の金銀、衣服、調度の出納《すいとう》、献上品や下賜《かし》の金品を司《つかさど》る役目だ。そして、刀番は藩主所蔵の刀剣の保管と手入れを役目としていた。

「やはり、兵庫どのでしたか……」

お眉の方は微笑んだ。

「はい。お久し振りにございます」

「妾《わらわ》が殿の御側《おそば》にあがった時以来ですね」

「十年前、城からの迎えの駕籠《かご》に乗るのをお見送りしたのが最後です……」

「兵庫どのは、確か元服《げんぷく》したばかりでしたね」

「十六歳の時にございます」

お眉の方の実家である奥山家の近くには、先祖代々御納戸方刀番を役目とする黒木家があった。

御納戸方刀番の黒木兵庫は、お眉の方の実家の近くの家の子であり、子供の頃からの知り合いだった。

「それで、御父上さまと御母上さまは……」

お眉の方は、懐《なつ》かしそうに尋ねた。

「母は去年の秋、病で亡くなりました」

「そうですか、おばさまがお亡くなりに……」

お眉の方は、哀《かな》しげに眉をひそめた。

「はい。それよりお眉さま、そちらは虎松君にございますか……」

兵庫は、お眉の方の傍にいる虎松に笑い掛けた。

「ええ。虎松、こちらは母の昔からの知り合い、黒木兵庫どのです。御挨拶をなさい」

お眉の方は虎松に命じた。

「虎松じゃ」

虎松は、張り切って名乗った。

「はっ。拙者、刀番の黒木兵庫にございます」

兵庫は微笑んだ。

「して、兵庫どの、今日は……」

「はい。宝物殿に納めてあるお家に伝わる太刀《たち》や槍を検《あらた》めに……」

「お役目、御苦労にございます」

「御方様、そろそろ……」

奥女中が、お眉の方に館に戻ろうと促した。

「はい。では、兵庫どの……」

「はい……」

兵庫は立ち上がった。

背の高い兵庫は、居眠りをしていたせいか裃も乱れていた。

「随分、大きくなりましたね」

お眉の方は、兵庫を眩《まぶ》しげに見上げて微笑んだ。

「はい。五尺八寸（約一七六センチ）になりました」

兵庫は明るく告げた。

「そうですか。それにしても兵庫どの、裃が乱れていますよ」

お眉の方は苦笑した。

「は、はい……」

兵庫は、慌てて着物と裃を直した。

「ではね。さあ、虎松……」

お眉の方は、虎松の手を引いて奥女中たちと館に戻って行った。

兵庫は見送り、大きく背伸びをした。

「さあて、もう一寝入りするか……」

兵庫は、再び宝物殿の階に腰掛けて眼を瞑《つぶ》った。整えた裃と着物は無残に崩れた。

微風《そよかぜ》が吹き抜け、兵庫の鬢《びん》の解《ほつ》れ髪が揺れた。

男たちの声を揃《そろ》えて読む経は、夜の水戸城下に地を這《は》うように流れた。

不気味な経……。

水戸城下に住む人々は、恐ろしげに眉をひそめて囁《ささや》き合った。

黒木兵庫は、老下男の五平《ごへい》の給仕で朝飯を食べていた。

「聞きましたか、兵庫さま……」

五平は、身を乗り出すように囁いた。

「何を……」

「不気味なお経ですよ」

「何だ、そりゃあ……」

兵庫は、箸《はし》を止めなかった。

「あれ。御存知ないのですか……」

五平は呆《あき》れた。

「ああ……」

「一昨日の夜、雲水たちが不気味なお経を読みながら御城下に来たって話ですよ」

「ほう。そんな話があるのか……」

「ええ。何か悪い事でも起きるんですかね」

五平は、恐ろしげに身を震わせた。

「さあな。五平、茶を頼む」

兵庫は、朝飯を食べ終わった。

「はい。只今《ただいま》……」

五平は、茶を淹《い》れ始めた。

兵庫は、不意に微《かす》かな不安を覚えた。

不気味な経……。

微かな不安は、雲水たちの不気味な経の話から湧き出していた。

「どうぞ……」

「うん」

兵庫は、五平の淹れてくれた茶を飲んだ。

不安は募《つの》った。

二

水戸藩家臣黒木家は百五十石取りであり、二代光圀《みつくに》公の時から御納戸方刀番を務めていた。

まるで世襲の閑職《かんしょく》……。

他の家臣たちは、御納戸方刀番を先祖代々務める黒木家を陰で笑っていた。しかし、黒木家の歴代当主は、粛々と藩主所蔵の刀剣類の保管と手入れに励《はげ》んでいた。

「父上、行って参ります」

兵庫は、隠居部屋で茶を飲んでいる父親の嘉門《かもん》に出仕《しゅっし》の挨拶をした。

「うむ。お役目に励むが良い……」

黒木嘉門は、落葉の散り始めた庭を眺《なが》めながら茶をすすった。

老いた……。

兵庫は、嘉門の白髪の小さな髷《まげ》と痩せた肩や背に父親の老いを感じずにはいられなかった。

父親の老いは、母親が病で死んだ時から激しくなり、口数も少なくなった。

兵庫は、老下男の五平に見送られて屋敷を出た。そして、厳しかった頃の父親を思い出しながら城に向かった。

水戸城の壕《ほり》には枯葉が舞い散り、波紋が幾重にも広がっていた。

「兵庫……」

兵庫が大手門に差し掛かった時、勘定方《かんじょうがた》の相良竜之介《さがらりゅうのすけ》が駆け寄って来た。

「やあ。竜之介……」

勘定方の相良竜之介は、子供の頃に学問所で机を並べていた仲だ。

兵庫と竜之介は、肩を並べて大手門を潜《くぐ》って城内の役所に進んだ。

「どうだ兵庫、嫁を貰《もら》わぬか……」

「嫁……」

兵庫は戸惑った。

「うん。お前も既に二十六歳。遅いぐらいだ」

「嫁か……」

兵庫は、女に興味が無いわけではない。竜之介たちと城下の花街で女と遊んだ事は何度もある。だが、何となく婚期を逃し、二十六歳になっていた。

「うん。お母上がお亡くなりになってそろそろ一年。嫁を貰い、子を作り、お父上を安心させてはどうだ」

「お前のようにか……」

兵庫は苦笑した。

相良竜之介は、兵庫と同じ歳《とし》でありながら既に妻を娶《めと》り、幼い子が一人いた。

「ああ。役目に疲れて屋敷に帰ると、妻や子が賑《にぎ》やかに迎えてくれる。良いぞ……」

竜之介は、楽しげな笑みを浮かべた。

「だろうな……」

兵庫に羨《うらや》ましさが僅かに過《よぎ》った。

「ああ。じゃあ縁談、進めても良いな」

「えっ。何か心当たりがあるのか……」

兵庫は戸惑った。

「任せて置け。じゃあな……」

「竜之介……」

竜之介は、兵庫と別れて勘定方の役所に足早に去った。

「嫁か……」

兵庫は、吐息を洩らした。

黒木家は兵庫の母親の死後、潤いや華やかさのない男所帯になっていた。

己の為には無論、老いていく父親の嘉門の為にも早く妻を娶《めと》り、孫の顔を見せてやるべきなのかもしれない。

ま、なるようになるだろう……。

兵庫は、御納戸方の役所に向かった。

城内の木々の梢からは、枯葉が陽差《ひざ》しに煌めきながら舞い散った。

さあて、今日は宝物殿の刀剣の手入れでもするか……。

兵庫は、御納戸方の役所に急いだ。

鹿島神社は静寂に包まれていた。

黒木兵庫は、御納戸方の役所に出仕を告げて神社裏の宝物殿に来た。

宝物殿に入った兵庫は、収蔵されている備前一文字《びぜんいちもんじ》の打刀《うちがたな》を取り出し、戸口の傍の小部屋に座った。そして、懐紙《かいし》を咥《くわ》え、備前一文字の打刀をそろりと抜き払った。

打刀の刃は鈍色《にびいろ》に輝いた。

兵庫の眼は、備前一文字の輝きを受けて煌めいた。

水戸城大手門は閉じられ、冷たさを含んだ夜風が吹き始めた。

夜風は、夜が更《ふ》けるに従って冷たさを増して吹き抜けた。

七人の雲水が、大手門前の闇に滲《にじ》み出すように浮かんだ。

大手門が微かな軋《きし》みをあげ、内側から僅かに開いた。

覆面《ふくめん》に忍《しの》び装束《しょうぞく》の武士が、表門の僅かな隙間から現われた。

「草《くさ》か……」

饅頭笠《まんじゅうがさ》を被《かぶ》った雲水の頭《かしら》は尋ねた。

〝草〟とは、先祖代々その土地に根付いて密かに藩の秘事を探る裏柳生の隠密だった。柳生家は、草を使って知り得た秘事を以《もっ》て藩を恫喝《どうかつ》し、意のままに操《あやつ》った。

「うむ……」

覆面の草は頷き、懐から一寸（約三センチ）四方の小さな銅板を差し出した。

雲水の頭は、同じ銅板を出して見せた。

覆面の草と雲水の頭は、互いの銅板を交換した。

二枚の銅板には、狛犬《こまいぬ》の〝阿《あ》〟と〝吽《うん》〟がそれぞれ彫られていた。

覆面の草と雲水の頭は、銅板で互いの素性を確かめ合った。

「刺客二之組の頭、不動《ふどう》か……」

「左様。虎松は……」

「城内鹿島神社傍の館だ。案内する」

覆面の草は、表門の隙間から城内に戻った。

裏柳生刺客二之組の不動たちは、饅頭笠と墨染衣《すみぞめごろも》を脱ぎ棄《す》て、忍び装束になって続いた。

覆面の草と不動たち刺客は、大手門内の暗がりに素早く潜《ひそ》んだ。

大手門内の番所には篝火《かがりび》が焚《た》かれ、番士たちが見張りや見廻りをしていた。

水戸藩は藩主が江戸におり、御三家と云う格式から敵対する者も少なく、城の警戒は緩いと云えた。

「行くぞ……」

覆面の草は暗がりに走った。

裏柳生刺客二之組の者たちは続いた。

お眉の方の館は、虎松が眠りについて静けさに包まれていた。

お眉の方は、江戸にいる藩主斉脩が贈ってくれた虎松の七五三の祝いの裃や袴の手直しをしていた。

「虎松さまの袴にございますか……」

奥女中の菊乃《きくの》は、お眉の方に茶を差し出した。

「ええ。さっき虎松に合わせたのですが、少々大きいようでしてね……」

お眉の方は、針を持つ手を止めずに微笑んだ。

「七五三のお祝いは再来月、未《いま》だ時がありますので、私どもがやりますが……」

「いいえ。虎松の大切な七五三の袴着のお祝いにお殿さまが贈ってくださった袴です。母の私がやらなくては……」

お眉の方は針を動かした。

「虎松さまはお幸せですね……」

「そうだと良いのですが……」

「ですが御方さま。夜も更けました。そろそろお休みにならなければ……」

菊乃は、心配げに眉をひそめた。

「そうですね。では、今夜はこれぐらいにして……」

お眉の方は袴を畳み、畳紙《たとうがみ》に包まれた着物や裃の入っている乱《みだ》れ箱《ばこ》に納めた。

乱れ箱には、着物や裃の他に斉脩が贈ってくれた脇差もあった。

お眉の方の館の表には、警護の番士たちが警戒をしていた。

覆面の草と裏柳生刺客二之組の七人は、お眉の方の館の前の木立の陰に潜んだ。

「此《こ》の館か……」

裏柳生刺客二之組の頭の不動は、お眉の方の館を見据えた。

「うむ。館にはお眉の方と虎松の他に広敷《ひろしき》用人と配下が二人、奥女中が四人、他に小者たちがいる」

覆面の草は、お眉の方の館にいる人数を教えた。

「分かった。聞いての通りだ」

不動は、配下の六人の刺客に目配せした。

六人の刺客は頷いた。

「ではな……」

不動は、覆面の草に頷いて見せた。

草の役目は此迄《ここまで》だ。草は再び草となり、何事もなかったように暮らし続ける。

「うむ……」

覆面の草は頷いた。

裏柳生刺客二之組の七人は一斉に動き、闇に消え去った。

見張りの番士たちは四人おり、残る八人が二手に分かれて館の周囲を巡廻《じゅんかい》していた。

覆面の草は立ち去らず、木陰に潜んで見守った。首尾を見届け、裏柳生の総帥に報《しら》せるのも草の役目だった。

覆面の草は木陰に潜み、微かな音も聞き逃さないように耳を澄ませた。

長い廊下に置かれた大行燈《あんどん》の明かりは、黒光りしている床を照らしていた。

奥女中の菊乃は、手燭《てしょく》を持ってお眉の方の座敷から台所に向かった。

行く手にある大行燈の明かりが瞬いた。

何かが過《よぎ》った……。

菊乃は立ち止まり、眉をひそめて手燭を翳《かざ》した。

刹那、頭上から刺客の一人が襲い掛かった。

菊乃は悲鳴をあげた。

悲鳴は館の内外に響き渡った。

刺客の一人は、慌てて菊乃の口を押さえて心《しん》の臓《ぞう》を貫いた。

菊乃の悲鳴は途切れた。

不動と残る刺客たちが現われた。

「虎松だ……」

不動は、六人の刺客に命じた。

六人の刺客は、菊乃が来た長い廊下の奥に進んだ。

広敷用人と二人の配下が、刀を握り締めて駆け付けて来た。

不動は刀を抜き払い、広敷用人と二人の配下を迎えた。

「おのれ、曲者《くせもの》……」

広敷用人と二人の配下は、不動に猛然と斬り掛かった。

不動は、忍び刀を閃《ひらめ》かせた。

広敷用人と二人の配下は不動の敵ではなく、血を振り撒《ま》いて崩れ落ちた。

不動は奥に進んだ。

六人の刺客は、虎松を捜しながら奥座敷を進んだ。だが、虎松とお眉の方はいなかった。

六人の刺客は、微かな焦りを滲ませた。

奥の座敷に豪奢《ごうしゃ》な蒲団《ふとん》が敷かれていた。

刺客の一人が、豪奢な蒲団の温《ぬく》もりを調べた。温もりの度合いと大きさは、豪奢な蒲団で寝ていた者が虎松だと教えた。

「おのれ……」

不動は、お眉の方が虎松を連れて逸早《いちはや》く逃げたのに気付いた。

雨戸が開けられ、警護の番士たちが雪崩《なだ》れ込んで来た。裏柳生刺客二之組の者たちに情け容赦はなかった。

怒号と悲鳴が交錯し、警護の番士たちは次々に斬り倒された。だが、新手の番士たちが駆け付けて来た。

不動は、その場に三人の刺客を残し、残る者たちを従えて虎松を追った。

お眉の方は、虎松を連れて館から逃げた。

二人の奥女中が、斉脩から贈られた脇差と袢を抱えて続いた。

背後の館からは、闘いの物音と怒号が聞こえていた。

お眉の方と虎松は、二人の奥女中と共に鹿島神社の縁《えん》の下《した》に逃げ込んで身を潜めた。

「母上……」

虎松は、恐ろしさに震えた。

「虎松、貴方《あなた》は水戸徳川家の若君、何があっても恐れてはなりませぬ」

お眉の方は、虎松に言い聞かせた。

「はい……」

虎松は、鼻水をすすりながら頷いた。

「御方さま……」

奥女中が、緊張した声を震わせた。

お眉の方は、縁の下から境内を透《す》かし見た。

二人の刺客が現われ、境内に虎松たちを捜し始めた。

お眉の方と虎松、そして二人の奥女中は、息を詰めて二人の刺客の動きを見守った。

刺客の一人が近付き、縁の下を覗《のぞ》き込んだ。

奥女中の一人が、懐剣を構えて縁の下から飛び出し、刺客に突き掛かった。

刺客は、突き掛かる奥女中を袈裟《けさ》懸《が》けに斬った。

奥女中は、大きく仰《の》け反《ぞ》って斃《たお》れた。

お眉の方は、虎松を抱き締めて縁の下の奥に後退《あとずさ》った。だが、縁の下は格子《こうし》が嵌《は》め込まれ、行き止まりになっていた。

残る奥女中は懐剣を構え、お眉の方と虎松を庇《かば》った。

刺客は縁の下を覗き込み、お眉の方と虎松を見定めた。

「さ、下がれ、無礼者」

奥女中は、恐怖に引き攣《つ》った声で叫んだ。

刺客は、奥女中の懐剣を握る手を摑《つか》んで縁の下から引き摺《ず》り出した。

縁の下から引き出された奥女中は、もう一人の刺客に斬り棄てられた。

「虎松だな……」

刺客は、残忍な笑みを浮かべて虎松に手を伸ばした。

刹那《せつな》、刺客は激しく狼狽《ろうばい》し、弾《はじ》かれたように背後に飛び退《の》いた。

お眉の方は戸惑った。

二人の刺客は、鹿島神社の回廊を見上げて忍び刀を構えていた。

鹿島神社の回廊に黒木兵庫が佇《たたず》んでいた。

二人の刺客は、兵庫に向かって構えた。

「何者だ……」

兵庫は、静かに問い質《ただ》した。
刺客の一人が、地を蹴って兵庫に斬り掛かった。
兵庫は、僅かに腰を沈めて横薙《よこな》ぎの一刀を放った。
横薙ぎの一刀は、閃光《せんこう》となって斬り掛かった刺客の腹を貫いた。
斬り掛かった刺客は、腹を横薙ぎに斬られて地面に叩き付けられた。
恐ろしい程に鮮やかな抜き打ちだった。
「お、おのれ……」
残る刺客は怯《ひる》んだ。
兵庫は、回廊の床を蹴って大きく飛んだ。
残る刺客は立ち竦《すく》んだ。
兵庫は、落下しながら刀を上段から斬り下げた。
残る刺客は、顔を真っ向から斬り下げられ、棒のように倒れた。
兵庫は、縁の下を覗き込んだ。
縁の下には、お眉の方と虎松が震えていた。
「お眉さま、虎松君……」
兵庫は、己の顔を見せた。

「おお、兵庫どの……」

お眉の方は満面に安堵を浮かべ、虎松を連れて縁の下から出た。

兵庫は、斬られた二人の奥女中の様子を見て手を合わせた。

「お虎と妾《わらわ》の為に済まぬ……」

お眉の方は、二人の奥女中の死を知って涙を零《こぼ》し、手を合わせて詫《わ》びた。

虎松は、小さな手を合わせた。

「兵庫どの……」

お眉の方は、合わせていた手を解いた。

「宝物殿で居眠りをしてしまいましてね。それよりお眉さま、この者どもは……」

兵庫は、斬り棄てた二人の刺客を示した。

「分かりませぬ。分かりませぬが、お虎の命を狙っての仕業《しわざ》のようです」

「虎松君のお命を……」

兵庫は眉をひそめた。

「はい……」

「何者が……」

「それは分かりませぬ。分かりませぬが……」

お眉の方は、微かな躊躇《ためら》いを窺わせた。

「お心当たり、あるのですね」

「江戸表の御正室さまかと……」

お眉の方は、思い切ったように告げた。

「御正室さまが……」

「ええ。御正室さまにはお子がなく、このままでは、殿がお虎を嫡子《ちやくし》と御公儀に届けると恐れ……」

「お眉さま……」

兵庫は遮《さえぎ》り、お眉の方と虎松を後ろ手に庇って境内の闇を見据えた。

お眉の方と虎松は、兵庫の背後に身を潜めた。

兵庫は、油断なく闇を見据えて身構えた。

刺客が闇を揺らして現われ、兵庫に鋭く斬り付けた。

兵庫は、刺客の斬り込みを僅かに身を引いて躱《かわ》し、伸び切った刀を握る腕を両断した。

両断された両腕は、刀を握ったまま地面に落ちて転がった。

刺客は、血を振り撒いて昏倒《こんとう》した。

お眉の方は、兵庫の凄《すさ》まじさに眼を瞠《みは》った。そして、横手から迫る人影に気付いた。

「兵庫どの……」

お眉の方は、虎松を抱き締めて叫んだ。

迫る人影は、裏柳生刺客二之組頭の不動だった。不動は、配下の刺客に兵庫を襲わせ、その隙に虎松を斬ろうと企てた。しかし、兵庫はそれを許さなかった。

兵庫は、身を翻《ひるがえ》して不動に鋭く斬り付けた。

不動は、大きく飛び退いた。

番士たちが、三人の刺客と激しく斬り結びながら後退して来た。

不動は三人の刺客と合流し、番士たちを次々と斬り倒し、虎松とお眉の方に迫った。

このままでは拙《まず》い……。

兵庫は焦りを覚えた。

逃げる……。

兵庫は、虎松とお眉の方を連れて逃げると決めた。

「虎松君、私の背に……」

兵庫は、虎松に背を向けた。

「兵庫どの……」

「お眉さま、今は逃げるしかありません」

兵庫は厳しく告げた。

「分かりました。お虎、兵庫どのの背に……」

虎松は、兵庫の背に負《お》ぶさった。

「虎松さま、何があっても某《それがし》から手を離してはなりませぬぞ」

「うん……」

虎松は頷いた。

「では、お眉さま。参りますぞ」

「はい」

お眉の方は、厳しい面持《おもも》ちで頷いた。

兵庫は、虎松を負ぶって猛然と走り出した。

お眉の方は続いた。

三

番士たちは鹿島神社に駆け付けており、水戸城内は混乱していた。

兵庫は虎松を背負い、お眉の方を連れて大手門に急いだ。

お眉の方は、斉脩が虎松に贈って来た脇差を抱え、必死に兵庫に続いた。

襲い掛かって来る刺客はいなかった。

「兵庫どの……」

お眉の方は、激しく息を弾ませた。

兵庫は立ち止まった。

「何処迄《どこまで》逃げるのです……」

「お眉さま、広い城内の何処に刺客が潜んでいるか分かりませんし、捜し出すのも容易ではありません。たとえ今夜の騒ぎが終わったとしても油断はなりません」

「ええ……」

お眉の方は不安を過《よぎ》らせた。

「ですから、しばらく城を出て様子を見るのが上策かと……」

「分かりました。兵庫どのにお任せします」

お眉の方は頷いた。

「では……」

兵庫は虎松を背負い直し、暗がり伝いに警備の手薄になった大手門に忍び寄り、番士の眼を盗んで城の外に出た。そして、お眉の方を伴って寝静まっている城下町に向かった。

覆面の草が、暗がりから見送った。

「不動、口ほどにもない……」

覆面の草は、城内に蔑《さげす》みの一瞥《いちべつ》を投げ掛け、虎松を背負った兵庫とお眉の方を追った。

兵庫は、お眉の方と虎松を黒木家に伴った。

老下男の五平は、兵庫がお眉の方と虎松を連れて来たのに驚いた。

「兵庫さま……」

「五平、お二人を座敷にお通しして父上を呼んでくれ」

「は、はい……」

兵庫は、お眉の方と虎松を五平に預け、追って来た者がいないか油断なく窺った。

武家屋敷街は寝静まり、殺気や不審な者の気配はなかった。

どうにか逃げ切れた……。

兵庫は、そう見定めて屋敷に入った。

覆面の草は、闇の奥から見届けて身を翻した。

お眉の方と虎松は、兵庫の父親・黒木嘉門と向かい合っていた。

「父上……」

兵庫が座敷に入って来た。

「兵庫、事情はお眉の方さまに聞いた」

嘉門は、厳しい面持ちで兵庫を迎えた。

「そうですか……」

「で、刺客はどのような者共だ」

「私の知る限り、刺客は七人。三人は斬り棄てましたが、息を合わせての鋭い攻撃、闇討ちを生業《なりわい》にしている者かと存じます」

兵庫は睨んだ。

「息を合わせての攻撃……」

「はい」

「そうか……」

嘉門は、白髪眉をひそめた。

「父上、何か心当たりが……」

「うむ。もしお眉の方さまの睨み通り、江戸の御正室さまが放った刺客なら、おそらく裏柳生……」

「裏柳生……」

兵庫は、緊張を過らせた。

「左様。この水戸藩にも昔から草と呼ばれる裏柳生の隠密が潜んでいると聞く……」

「草ですか……」

兵庫は眉をひそめた。

「うむ。お眉の方さま、水戸に裏柳生の隠密や刺客が潜んでいる限り、虎松君は安穏な毎日を送る事は出来ませぬぞ」

嘉門は、お眉の方を厳しく見つめた。

「ならば嘉門さま、虎松は如何《いかが》すれば宜《よろ》しいのでしょう」

お眉の方は、恐ろしげに尋ねた。

「江戸におられる殿の許《もと》に行くしかございますまい」

「殿の許に……」

お眉の方は戸惑った。

「虎松君が嫡男として認められるか、庶子のまま終わるか、それは殿の御存念。どうなるかは分かりませぬ。だが、虎松君の立場がはっきりします。さすれば、御正室さまのこのような企てはなくなるものかと存じます」

嘉門は静かに告げた。

「虎松を殿の許に……」

お眉の方は、傍らにいる虎松を見た。

虎松は、緊張と疲れからかお眉の方の着物の袖を握り締めて居眠りをしていた。

「お虎……」

お眉の方は、居眠りをしている虎松を哀しげに見つめた。

「如何致します。お眉さま……」

兵庫は、お眉の方を窺った。

「兵庫どの、嘉門さまの仰《おっしゃ》る通りだと思います。ですが江戸は遠く、無事に辿《たど》り着けるかどうか……」

お眉の方は、不安を露《あらわ》にした。

「仰る通りにございます。おそらく裏柳生の刺客共は黙っておりますまい。此処《ここ》は兵庫を供に付けます」

嘉門は、兵庫の意向を無視して告げた。

「ち、父上……」

兵庫は微かに狼狽した。

「兵庫どのを……」

「左様。お眉の方さま、黒木家は代々の刀番。その役目は刀の収蔵と手入れにございますが、裏には刀の斬れ味を試す役目もあります」

嘉門は、お眉の方を見据えて告げた。

「斬れ味を試す……」

「左様。大罪を犯した者の首を一太刀で刎《は》ねる役目にございます」

「お刀番にはそのようなお役目が……」

「はい。それ故、黒木家には一子相伝《いっしそうでん》の無双流《むそうりゅう》なるものがございます」

「ならば兵庫どのも……」

「某《それがし》が亡き父から受け継ぎ、兵庫に伝えております」

嘉門は告げた。

お眉の方は、兵庫が刺客の両腕を鮮やかに斬り飛ばしたのを思い出した。

納戸方刀番は、藩主所蔵の刀剣類の保管と手入れだけの閑職ではなかった。その裏には、試し斬りと云う凄まじい役目が秘められていた。

「そうでしたか……」

「お眉の方さま……」

嘉門は、決断を促した。

「分かりました。虎松を江戸のお殿さまの許に行かせます」

お眉の方は決断した。

「兵庫、聞いての通りだ……」

「はい」

「ですが、嘉門さま、兵庫どの。殿の許に参るのは虎松一人にございます」

お眉の方は、厳しさを漂《ただよ》わせた。

「お眉の方さま……」

嘉門と兵庫は戸惑った。

「裏柳生の刺客が狙う限り、女の妾《わらわ》は足手纏《まと》い。兵庫どのも虎松一人ならば、如何様《いかよう》にも護《まも》る事が出来る筈《はず》……」

お眉の方は、眠っている虎松の額を愛《いと》おしげに撫《な》でた。

「ですがお眉さま……」

兵庫は眉をひそめた。

「兵庫……」

嘉門は、厳しく兵庫を制した。

「父上……」

「お眉の方さま、苦衷《くちゅう》をお察し致します」

嘉門は、お眉の方に平伏した。

「嘉門さま。兵庫どの、虎松には妾が得心《とくしん》させます。どうかよしなに……」

お眉の方は、兵庫に深々と頭を下げた。

「はっ……」

兵庫は、頷くしかなかった。

「御隠居さま、兵庫さま……」

五平が敷居際に跪《ひざまず》いた。

「どうした五平……」

「表に妙な者が……」

五平は、眉をひそめて屋敷の表を示した。

「なに……」

兵庫は立ち上がり掛けた。

「待て、兵庫。儂《わし》が行こう。お前はお眉の方さまと虎松さまをな……」

嘉門は、痩せた老体に気力を漲《みなぎ》らせ、五平を伴って式台《しきだい》に向かった。

「虎松……」

お眉の方は、眠っている虎松を起こした。

虎松は、眠い眼を擦《こす》った。

「良いですか、虎松。これから母の申す事をしっかり聞くのですよ」

「はい……」

虎松は、母の真剣な顔に戸惑いながらも頷いた。

兵庫は見守った。

お眉の方は、幼い虎松に兵庫と二人で江戸に行く事を言い聞かせた。

虎松は、必死な面持ちで母を見つめ、大粒の涙を零した。

「良いですね、虎松。貴方は水戸徳川の血を引く男。決して泣き言を言わず、兵庫どのの云う事を良く聞き、御父上さまの許に行くのですよ。良いですね」

「はい……」

虎松は、鼻水をすすりながら頷いた。

「母も必ず後から参りますからね」

「うん……」

虎松は、僅かに顔を綻《ほころ》ばせた。

「それでは兵庫どの、虎松を宜しく御願いします。さあ、虎松……」

お眉の方は、虎松を促して兵庫に頭を下げた。

「虎松さま、二人で助け合い、何としてでも江戸のお殿さまの許に参りましょう」

兵庫は励ました。

「うん……」

虎松は頷いた。

兵庫は微笑んだ。

「それでは兵庫どの、この脇差をご持参下さい……」

お眉の方は、脇差を差し出した。

「これは……」

兵庫は、怪訝《けげん》な面持ちで脇差を受け取り、鯉口《こいぐち》を切った。

脇差の鎺《はばき》には、水戸《みと》葵《あおい》の紋が彫られていた。

「殿のお子、虎松君の証《あかし》ですか……」

「はい。殿が袴着のお祝いに贈ってくださった脇差です。お殿さまとの対面の時、虎松に持たせて下さい」

「心得ました。確《しか》とお預かり致します」

兵庫は、脇差を預かった。

嘉門が、大刀を持って戻って来た。

「父上……」

「どうやら何かが起きそうだ……」

嘉門は眉をひそめた。

「ならば、出立《しゅったつ》は早い内に……」

兵庫は、焦りを過らせた。

「うむ。兵庫、これを使うと良い」

嘉門は、持参した大刀を兵庫に差し出した。

「この刀は……」

兵庫は眉をひそめた。

「黒木家に伝わる備前の名も無き刀工が鍛えた胴田貫《どうたぬき》だ」

「胴田貫……」

胴田貫は、普通の大刀より刀身の幅があり、鎧《よろい》をも貫くと云われる戦場《いくさば》用の刀だった。

「左様……」

「宜しいのですか、父上……」

「虎松君を裏柳生の刺客から護っての修羅《しゅら》の旅。渡すには丁度良い時だ。さあ、受け取るが良い」

「忝《かたじけ》のうございます」

兵庫は、胴田貫を受け取った。

「さあて兵庫、お眉の方さまは儂《わし》が御護り致す。これを路銀《ろぎん》に虎松君と早々に出立致すが良い」

嘉門は、小判の入った革袋を差し出した。

「確かに……」

兵庫は、革袋を受け取って懐に入れ、胴田貫を腰に差した。

「さあ、虎松さま……」

兵庫は促した。

「うん」

虎松は頷いた。

「御隠居さま……」

五平が、血相を変えて駆け込んで来た。

「兵庫、虎松君をお連れして出立致せ」

嘉門は、兵庫を急がせた。

「心得ました。では、お眉さま……」

「はい。虎松、兵庫どのの云う事を良く聞くんですよ……」

「母上……」

虎松は、今にも泣かんばかりに顔を歪《ゆが》めた。

兵庫はお眉の方に一礼し、虎松を連れて屋敷の奥に進んだ。

虎松は、お眉の方を振り返って消えた。

お眉の方の頰《ほお》に涙が伝った。

嘉門は、お眉の方を護るように座を変えた。

裏柳生刺客二之組頭の不動が、三人の配下を従えて現われた。

「無礼者……」

嘉門は、不動を睨み付けた。

「虎松は何処だ……」

「知らぬ……」

嘉門は、腹立たしげに云い放った。

不動は嘲笑《ちようしよう》し、配下の一人を残し、二人を従えて屋敷の奥に向かった。

「裏柳生の刺客か……」

嘉門は、見張りに残った配下に軽蔑の眼差《まなざ》しを向けた。

「黙れ……」

残った配下は、嘉門を蹴り倒そうとした。

刹那、嘉門は兵庫の残していった大刀を取り、抜き打ちに煌めかせた。

残った配下は、首の血脈が刎《は》ね斬られ、血を振り撒いて斃《たお》れた。

鮮やかな抜き打ちだった。

「さあ、お眉の方さま、長居は無用……」

「は、はい……」

お眉の方は、老体の嘉門の見事な腕に驚きながら頷いた。

「行くぞ、五平……」

「はい」

嘉門は、お眉の方と五平を伴って屋敷を後にした。


那珂川は朝霧に覆われていた。

土手道から河原に続く小道の先には船着場があり、古びた小屋があった。

古びた小屋の中には、板壁の隙間から朝霧が忍び込んでいた。

黒木兵庫は眼を覚ました。

朝か……。

兵庫は、己の懐に蹲《うずくま》るように眠っている虎松に気付いた。

虎松の寝顔は、涙の痕《あと》で汚れていた。

兵庫は、五歳の虎松が泣きたいのを懸命に堪《こら》えていたのを知っている。

虎松は、声をあげずに涙を零していたのだ。

健気《けなげ》な……。

兵庫は、虎松に愛おしさを覚えた。

水戸から江戸日本橋《にほんばし》迄は三十里（約一一八キロ）。

兵庫一人の道中なら一日十里、三日の道程だ。しかし、幼い虎松を連れての道中であり、裏柳生の刺客の襲撃も覚悟しなければならない。

何日で江戸に辿り着けるのか……。

兵庫は、虎松を起こして那珂川の流れで顔を洗い、水戸街道に向かった。


上大崎の柳生藩江戸下屋敷に鳩《はと》が飛来し、庭の鳩小屋に降り立った。

裏柳生総帥の柳生幻也斎は、飛来した鳩が携えて来た草からの書状を読んだ。

草からの書状には、刺客二之組が虎松闇討ちに失敗して四人が斃され、虎松が水戸藩士黒木兵庫と江戸に向かい、頭の不動が二人の配下と追ったと書き記されていた。

不動め……。

幻也斎は、不動たち刺客二之組の失敗に苛立った。

虎松が江戸に来る……。

幻也斎は、虎松が江戸に来る狙いを読んだ。父親である水戸斉脩に逢《あ》い、己の立場をはっきりさせるつもりなのだ。

虎松を斉脩に逢わせてはならない。江戸迄の道中で始末するしかないのだ。それは、不動も心得ている筈だ。

幻也斎は情況を読んだ。

何者だ……。

幻也斎は、虎松と共に江戸に向かっている水戸藩士の黒木兵庫なる者が、刺客二之組の四人を斃したと睨んだ。

かなりの剣の遣い手……。

幻也斎は、黒木兵庫に微かな恐れを覚えた。

裏柳生の刺客始末に失敗は許されない。

水戸から江戸迄の道中で、虎松を必ず葬らなければならないのだ。

さもなければ、裏柳生が存在する意味はなくなり、柳生宗家は僅か一万石の只《ただ》の小大名でしかなくなるのだ。

刺客二之組の頭の不動と二人の配下だけでは心許《こころもと》ない。

幻也斎は、一刻も早く虎松を始末する為に新手の刺客を送る事にした。

「菊之助《きくのすけ》、刺客三之組の頭を呼べ……」

幻也斎は、前髪立ちの近習の榊《さかき》菊之助に厳しい面持ちで命じた。


水戸街道には旅人が行き交っていた。

兵庫は、虎松を伴って街道脇の茶店に入り、奥で飯と汁で腹拵《はらごしら》えをした。

虎松は、落ち着かない様子で箸を置いた。

「どうしました」

「美味《おい》しくないし……」

虎松は、不安げに辺りを見廻した。

「虎松さま、江戸迄の道中、おそらく裏柳生の刺客共が襲って来るでしょう」

虎松は、怯えを滲ませて頷いた。

「これから、不味《まず》い物はおろか食べられる物も手に入らぬ時があるかもしれませぬ。たとえ不味い物でも食べられる時に食べて置かなければ、刺客に斬られる前に飢え死にし、御母上さまを哀しませるだけです」

「左様、武士が食べ物に不満を洩《も》らすとは情けないと……」

「母上を……」

「分かった……」

虎松は、箸を手にして再び飯を食べ始めた。

兵庫は微笑み、残り飯に汁を掛けて掻《か》き込《こ》んだ。虎松は、兵庫の食べ方を物珍しそうに見て真似、汁掛け飯を食べた。

「美味しい……」

虎松は眼を丸くした。

兵庫は苦笑した。

辰《たつ》の刻五つ（午前八時）。

兵庫は、虎松と浪人父子に扮《ふん》する事に決め、塗笠《ぬりがさ》や草鞋《わらじ》などを買って旅仕度を整えた。

「良いですか、虎松さま。今から江戸に着く迄、私と虎松さまは父と子です」

「うん……」

「それ故、虎松さまは私を父上とお呼び下さい。私はおそれながら虎松さまを虎と呼びます。良いですね」

「分かった。父上……」

「流石《さすが》は虎、賢いな」

兵庫は、虎松の素直さと賢さを喜んだ。

旅の浪人父子に扮した兵庫と虎松は、水戸街道を江戸に向かって旅立った。

四

旅の町人や武士、荷を乗せた馬を引く馬子《まご》、旅人を乗せた駕籠、荷車を引く人足《にんそく》、近在の百姓。水戸街道には様々な人が行き交っていた。

水戸を出た兵庫と虎松は、水戸街道の木沢村《きざわむら》を通り抜けた。

兵庫は、虎松を気遣いながら先を急いだ。

虎松は、幼いながらも懸命に兵庫に付いて来た。

行く手に古い木橋の架かっている小川が流れていた。

「虎、一休みだ」

兵庫は、虎松に声を掛けた。

「うん……」

虎松は、嬉しげに頷いた。

兵庫は、辺りに不審な様子がないのを見定め、虎松と小川の岸辺に降りた。

小川は浅く、流れは煌めいていた。

兵庫は顔と手を洗い、濡らした手拭《てぬぐい》で虎松の顔を拭《ふ》いてやった。

虎松は、さっぱりとした面持ちで手を洗った。

「さあ、食べろ……」

兵庫は、虎松に茶店で作って貰った握り飯を差し出した。

虎松は、怪訝な面持ちで握り飯と兵庫を見比べた。

「そうか。虎は握り飯を食べた事がないのか……」

兵庫は苦笑した。

虎松は水戸家の若君であり、母のお眉の方の傍から離れた事もなく、握り飯を知らなかった。

「握り飯……」

虎松は、握り飯を見つめた。

「そうだ。美味《うま》いぞ」

兵庫は、握り飯を食べて見せた。

虎松は喉《のど》を鳴らした。

兵庫は、虎松に握り飯を勧めた。
虎松は、握り飯を手に取り、恐る恐る口にした。
「どうだ。美味いだろう」
兵庫は笑い掛けた。
「うん。美味い」
虎松は、握り飯を頬張って頷いた。
水戸街道には様々な旅人が行き交っていた。
兵庫は、行き交う旅人を油断なく窺った。
裏柳生の刺客たちは、必ず追って来ている筈なのだ。
行き交う旅人に不審な者はいなかった。
兵庫は、微かな安堵を覚えた。
お眉さまと父の嘉門はどうしたのか……。
兵庫の脳裏に不安が過《よぎ》った。だが、今はそれを考えている時ではない。
虎松を無事に殿の許に連れて行く……。
兵庫は、己の使命を己に言い聞かせた。
「さあ……」

虎松は、握り飯を食べ終わり、竹筒の水を飲んでいた。

昨日の今頃は、宝物殿で刀の手入れをして昼寝をしていた。だが、今日は虎松を連れて逃亡者《のがれもの》の旅をしている。

兵庫は、己の立場の激変に苦笑するしかなかった。

四半刻（約三十分）が過ぎた。

「さあ、虎、出立するぞ」

「うん。父上……」

虎松は、握り飯を食べて一休みをしたせいか張り切って立ち上がった。

兵庫と虎松は、水戸街道を江戸に向かって進んだ。

裏柳生刺客二之組頭の不動は焦った。

虎松と黒木兵庫を見失った挙げ句、お眉の方にも逃げられてしまった。

このままでは、裏柳生総帥の幻也斎からどのような咎《とが》めを受けるか分からない。

不動の焦りは募った。

虎松と兵庫は、おそらく水戸街道を江戸に向かった筈だ。

兵庫一人ならともかく、幼い虎松を連れての道中は時が掛かる。不動は、水戸から二里先の長岡《ながおか》宿に先廻りをすると決め、二人の配下を従えて間道《かんどう》を走った。

茂沢村《もざわむら》を通り抜けた兵庫と虎松は、水戸から二里先にある長岡宿に差し掛かった。

虎松の顔には疲れが滲み、足取りは重くなった。だが、泣き言を洩らさず、懸命に兵庫の後に付いて来ていた。

兵庫は、感心せずにはいられなかった。

虎松は立ち止まった。

「どうした……」

兵庫は、立ち止まった虎松を振り返った。

「なんでもない……」

虎松は、左足を引き摺《ず》って歩き出した。

兵庫は眉をひそめた。

虎松の左足には血が滲んでいた。

草鞋《わらじ》擦れだ……。

「止まれ、虎……」

兵庫は、虎松を止めて道端に座らせ、左足から草鞋を脱がせた。

虎松の左足の親指と人差し指の間は、血に染まっていた。

兵庫は、竹筒の水で傷口を洗った。

虎松は顔を顰《しか》めた。

「良く我慢をしていたな。偉いぞ」

「うん……」

「ちょっと待っていろ」

兵庫は、道端の茂みに入って草の葉を採って来た。

「これは弁慶草《べんけいそう》と云ってな、腫《は》れ物《もの》や切り傷に効く薬草だ」

「弁慶草……」

「ああ。覚えておくと役に立つぞ」

「うん……」

兵庫は、弁慶草の葉を水で洗って虎松の左足の傷口に張り、手拭を切り裂いて晒《さら》しにして草鞋を履かせた。

二十年程前、父・嘉門は兵庫を筑波山《つくばさん》に伴った。その時、兵庫は草鞋擦れを起こし、嘉門に弁慶草で手当てをして貰った事があった。

あの時、父は御納戸方刀番である黒木家の隠された役目が藩主所蔵の刀の試し斬りだと教えてくれた。以来、父・嘉門は黒木家に伝わる一子相伝の無双流を兵庫に厳しく教えた。

「此で良いが、暫《しばら》く負ぶってやろう」

兵庫は、虎松に背を向けた。

虎松は、戸惑い躊躇《ためら》った。

「今迄、頑張って来た褒美《ほうび》だ。遠慮は無用だ」

兵庫は笑い掛けた。

「うん……」

虎松は、嬉しげに兵庫の背に乗った。

「よし、行くぞ」

兵庫は、虎松を負ぶって歩き出した。

旅人が行き交っていた。

二人の雲水が、錫杖の鐶を鳴らしながら行く手からやって来た。

兵庫は、虎松を負ぶって進んだ。
二人の雲水の足取りが微かに乱れ、直《す》ぐに元に戻った。
刺客……。
兵庫の勘が囁いた。
二人の雲水は兵庫と虎松に気付き、一瞬だが微かに足取りを乱した。
兵庫は、それとなく背後の気配を探った。
殺気……。
兵庫は、背後に微かな殺気を感じた。
挟まれた……。
兵庫は、虎松を背負って落ち着いた足取りで進んだ。
二人の雲水は、錫杖の鐶を鳴らしながら一定の足取りで来る。
「虎、しっかり摑まり、何があっても手を離すな」
兵庫は、背中の虎松に囁いた。
「父上……」
虎松は、異変を敏感に感じ取った。
「うむ……」

兵庫は頷いた。
虎松の手に力が籠められた。
兵庫は、足取りを変えずに進んだ。
行く手の二人の雲水、背後からの刺客……。
斬り抜けるしかない……。
兵庫は進んだ。
二人の雲水は、近付きながら錫杖を何気なく左手に持ち替えた。
錫杖は仕込み杖《づえ》……。
兵庫は睨んだ。
二人の雲水は、兵庫と擦れ違い態《ざま》に錫杖に仕込まれた刀を抜こうとした。
刹那、兵庫は胴田貫を横薙ぎに抜き放ち、振り返り態に斬り下ろした。
閃光が瞬いた。
兵庫は身を翻した。
二人の雲水は、錫杖の仕込み杖を抜き掛けたまま棒立ちになり、ゆっくりと倒れた。
兵庫と虎松の背後に迫っていた不動は、慌てて倒れた二人の雲水に駆け寄った。

雲水の一人が喉元を横薙ぎに斬られ、残る一人は首の血脈を刎ね斬られて死んでいた。

二人は抜き合わせ、斬り結ぶ事もなく斃された。

一瞬の出来事だった。

虎松を負ぶった兵庫は、最少の力で二人を斃して逃走した。

恐ろしい程の手練《てだ》れ……。

不動は、背筋に寒気を覚えずにはいられなかった。だが、これで尻尾《しっぽ》を巻いたら、卑怯《ひきょう》な裏切者として裏柳生から狙われる。そして、何処に逃げようと、裏柳生は執念深く追って来るのだ。

生き残る為には、虎松と兵庫を何としてでも葬るしかない。

不動は、虎松と兵庫を追うしかなかった。

兵庫は、虎松を負ぶって長岡宿を一気に通り抜け、小鶴村《こづるむら》に入った。

水戸街道から田舎道《いなかみち》に入った処《ところ》に百姓家が見えた。

兵庫は、百姓家の井戸を借りるべく田舎道に入った。

百姓家の老夫婦は、気持ちよく井戸を貸してくれた。

兵庫は、井戸端で虎松の草鞋擦れを洗い、老夫婦から譲って貰った筑波名物の蝦蟇《がま》の膏《あぶら》を塗って手当てをした。傷は良くなっていたが、草鞋を履く迄にはなっていなかった。

兵庫は、百姓家の軒下《のきした》に兎《うさぎ》や狐《きつね》など獣の毛皮が干されているのに気付いた。

毛皮……。

兵庫は、老夫婦から木綿《もめん》の晒布《さらしぬの》と猪《いのしし》の毛皮を買った。そして、虎松の両足に晒布を巻き、猪の毛皮で包んで縛り付けた。

「どうだ、これで歩いても痛くはあるまい」

「うん……」

虎松は、猪の毛皮で包まれた両足で嬉しげに飛び跳ねて見せた。

兵庫は微笑み、胴田貫を抜いて幅広の刀身を陽に翳した。

胴田貫の切っ先は僅かに血に濡れていたが、刀身は刃毀《はこぼ》れもなく鈍色に輝いていた。

流石は胴田貫……。

雲水に化けた刺客を二人斃し、残るは一人。

何処でどう襲って来るのか……。

何れにしろ、残る一人の刺客は決死の覚悟で襲って来る筈だ。

兵庫は、備前の名もなき刀工の鍛えた胴田貫の切っ先の血を水で洗い、打粉《うちこ》を打って丁寧に拭《ぬぐ》いを掛けた。

小鶴村から奥谷村《おくのやむら》……。

兵庫と虎松は、筑波山を望みながら水戸街道を南に進み、水戸から四里五丁の処にある小幡《おばた》宿に着いた。

虎松の左足が痛む事はなかった。

陽は西に大きく傾き始めた。

一里五丁先の片倉《かたくら》宿迄は行きたい……。

兵庫は先を急いだ。

虎松は、懸命に付いて来ていた。

片倉宿は夕陽に照らされていた。

兵庫は、虎松を伴って旅籠《はたご》『寿《ことぶき》や』に宿を取った。

兵庫と虎松は、女中の用意してくれた濯《すす》ぎで手足を洗い、客室で寛《くつろ》いだ。

「さあ、虎、傷の手当てをするぞ」

「もう、痛くないよ」

虎松は笑った。

「うむ。だが、油断してはならぬ。化膿《かのう》したら命取りになる。だから、今晩だけでも手当てをしておこう」

「分かった」

虎松は頷いた。

兵庫は、虎松の左足の傷に蝦蟇の膏を塗り、新しい晒布を巻いた。

旅籠『寿や』は、様々な泊まり客で賑《にぎ》わった。

兵庫は、宿帳に〝武州《ぶしゅう》浪人相良竜之介、一子小太郎《こたろう》〟と書き記した。

〝相良竜之介〟は、水戸藩勘定方の家臣で兵庫の友の名だ。

調べれば直《す》ぐに分かる事だが、兵庫は偽名を使った。

兵庫と虎松が夕食を終えた頃、番頭が恐縮した面持ちでやって来た。

「お客さま……」

「なんだ……」

「畏《おそ》れいりますが、相部屋を御願い出来ないでしょうか……」

「相部屋……」

「左様にございます」

「それは……」

兵庫は眉をひそめた。

今夜も虎松の命を狙う刺客が現われ、相部屋になった者が巻き添えを食うかもしれない。

兵庫はそれを恐れた。

「御無理な御願いとは思いますが、相部屋を御願いしている方は、旅の薬売りのお祖父《じい》さんと孫娘さんでしてね。野宿をする訳にもいかず途方に暮れておりまして……」

「ほう。薬売りの年寄りと孫娘か……」

「はい。孫娘さんは未だ十六歳だとか……」

老爺《ろうや》と十六歳の孫娘が野宿をすれば、何が起こるか分からない。

兵庫は困惑し、迷った。

「あっ……」

若い女の慌てた声がし、紙風船が客室に転がり込んで来た。

「あっ……」

虎松は、眼を輝かせて紙風船を拾った。

「これは御無礼致しました」

薬売りの老爺と若い娘が、廊下に現われて敷居際に手を突いた。

「お客さま。相部屋を御願いしているのは、この方たちにございます」

番頭は告げた。

「御願いにございます、お侍さま。どうか、お部屋の隅にでも……」

老爺と若い娘は頭を下げて頼んだ。

「父上……」

虎松は、紙風船を手にして兵庫を見つめた。

「分かった。だが、万一何かあっても知らぬが、それでも良いなら……」

「そりゃあもう、ねえ……」

番頭は、老爺を振り向いた。

「忝《かたじけ》のうございます。手前は弥平《やへい》、これは孫のおはるにございます」

老爺は名乗り、孫娘を引き合わせた。

「私は相良竜之介。それに子の小太郎だ。さあ、入りなさい」

兵庫は、偽名を告げて弥平とおはるを客室に招いた。

「ありがとうございます。では、お邪魔させて戴きます」

弥平とおはるは、遠慮がちに客室に入った。

「では、直ぐに夕食を仕度しますよ」

番頭は、慌ただしく立ち去った。

弥平とおはるは、敷居際の隅に身を縮めるように座り、旅仕度を解き始めた。

「弥平、おはる、遠慮は無用だ。手足を伸ばして寛《くつろ》ぐが良い」

兵庫は苦笑した。

「は、はい……」

弥平とおはるは恐縮した。

虎松が、紙風船をおはるに差し出した。

「あっ、その紙風船、良かったら差しあげますよ」

おはるは微笑んだ。

虎松は、戸惑ったように兵庫を振り返った。

「戴きなさい」

兵庫は頷いてみせた。

「うん……」

虎松は、嬉しげに笑った。

「紙風船はね、こうして遊ぶんですよ」

おはるは、別の紙風船を膨らませて掌《てのひら》で突いて見せた。

「ひい、ふう、みい……」

紙風船は、おはるの声と共に宙を舞った。

虎松は、眼を丸くして見上げ、おはるの真似をし、数を数えながら紙風船を掌で突いた。

紙風船は舞った。

旅籠の夜は早い。

旅人は一日歩き通して疲れ果て、翌朝早立ちをする者が多く、早々と床に就《つ》いた。

兵庫と虎松、そして弥平とおはるも眠りに就いた。

虎松はおはるに懐《なつ》き、眠りに就く迄、遊んで貰った。

おはるは、子供が好きらしく楽しげに虎松を遊ばせた。

「弥平、私たちは明日早立ちするが……」

「相良さま、手前共も早立ちにございます」
「そうか……」
兵庫、虎松、弥平、おはるは、明日の早立ちに備えて早寝をする事にした。
深夜、兵庫は周囲の気配を窺った。
虎松、弥平、おはるは、静かな寝息を同じ間で繰り返していた。
不審はない……。
兵庫は見定めた。
廊下に微かな軋みが鳴った。
残る一人の刺客か……。
兵庫は、全身の力を抜き、己を無にして軋みの正体を見定めようとした。
廊下の軋みは、微かな殺気に変わった。
刺客……。
兵庫は見定めた。
殺気は確実に近付いて来ていた。
虎松を護り、弥平やおはるを巻き込まずに始末しなければならない。
機先《きせん》を制するのは容易だ。だが、虎松の傍を離れる訳にはいかない。

兵庫は、胴田貫を引き寄せた。
殺気は満ちた。
来る……。
兵庫がそう思った時、弥平が微かに呻《うめ》きながら寝返りを打った。
殺気は揺れて消えた。
夜の静寂に虎松、おはる、弥平の寝息が洩れていた。
刺客は、弥平の微かな呻きに機先を制され、襲撃を思い止まって立ち去ったのだ。
兵庫は見定めた。
今夜はもう襲っては来まい……。
兵庫は睨んだ。
逃亡旅《のがれたび》の夜は、静かに更けていった。

第二章　逃亡旅《のがれたび》

一

寅《とら》の刻七つ（午前四時）過ぎ、旅人の夜は明けた。

兵庫と虎松は、薬売りの弥平やおはると共に片倉宿を早立ちをした。

片倉宿から一里八丁で竹原《たけはら》宿。そして、もう一里九丁で府中《ふちゆう》宿（現・石岡《いしおか》）になる。

薬売りの弥平とおはるは、薬を入れた荷物を担《かつ》ぎ、万金丹《まんきんたん》と染め抜いた幟旗《のぼりばた》を手にして続いた。

虎松はおはるに懐き、楽しげに歩いた。

兵庫は、周囲に刺客の気配を探った。

刺客の気配は窺《うかが》えなかった。しかし、旅籠『寿や』に現われた刺客が、近くに潜んで襲撃する隙を窺っているのは間違いない。

兵庫は、おはると共に先を行く虎松を見守りながら進んだ。

「相良さま、昨夜はありがとうございました。お陰さまで久し振りに安心して眠れました」

弥平は、兵庫に礼を述べた。

「それは何より……」

兵庫は笑った。

「はい。爺《じじい》と若い娘の二人旅、何かと物騒でして……」

「そうか。大変だな」

「はい。それで、幼いお子さま連れのお侍さまなら安心だろうと、相部屋を御願いしたのでございます」

「成る程な……」

兵庫は、弥平の知恵に感心した。

行く手から悲鳴があがった。

兵庫は、咄嗟《とっさ》に虎松を抱き上げて背に負ぶった。

虎松は、驚きながらも兵庫の首にしがみついた。

荷を積んだ馬が、蹄《ひづめ》の音を響かせて疾走して来た。

暴れ馬だ。
旅人たちは、慌てて水戸街道の道端に散って逃れた。
暴れ馬は土煙《つちけむり》を巻き上げ、虎松を負ぶった兵庫に向かって疾駆《しっく》して来た。
「お、おはる……」
弥平は、おはるを連れて道端に逃れた。
兵庫は、虎松を負ぶって街道の中央に佇《たたず》み、疾駆して来る暴れ馬を見据えた。
暴れ馬は、土煙を巻き上げて猛然と兵庫に迫って来る。
兵庫は、暴れ馬の腹に一瞬の煌《きら》めきを見た。
「虎、眼を瞑《つぶ》っていろ」
「うん」
虎松は、固く眼を瞑った。
兵庫は、胴田貫を抜き払った。
次の瞬間、虎松を負ぶった兵庫と暴れ馬が交錯した。
刹那、暴れ馬の腹から手槍《てやり》が兵庫に鋭く突き出された。
兵庫は、身を僅《わず》かに反らして煌めく手槍を躱《かわ》し、胴田貫を一閃《いっせん》した。
暴れ馬の腹帯が斬られ、荷物と共に手槍を持った男が転げ落ちた。

手槍を持った男は、裏柳生刺客二之組頭の不動だった。

昨夜、旅籠に忍び込んだ刺客……。

兵庫は、胴田貫を構えて不動に迫った。

不動は、素早く跳ね起きて手槍を兵庫に投げ付けた。

兵庫は、腰を沈めるように胴田貫を斬り下げた。

手槍は両断されて地に落ちた。

不動は忍び刀を抜き、兵庫に鋭く斬り掛かった。

兵庫は、不動の忍び刀を打ち払い、真っ向から斬り下げた。

不動は、咄嗟に忍び刀を頭上に構えて胴田貫を受け止めた。

刃が咬《か》み合い、焦げ臭さが漂った。

兵庫は、胴田貫を押した。

不動は、顔を歪《ゆが》めて必死に堪えた。

兵庫は押した。

このままでは押し斬りにされる……。

不動は、忍び刀で懸命に押し返して逃れようとした。だが、兵庫はそれを許さなかった。

次の瞬間、忍び刀が二つに折れて弾《はじ》け飛び、兵庫の胴田貫が不動の額に食い込んだ。

不動は眼を瞠《みは》った。

兵庫は、胴田貫を引きながら大きく飛び退《の》いた。

眼を瞠った不動は、額から血を噴き上げて前のめりに倒れた。

兵庫は、不動の死を見定めた。

刺客は死んだ……。

兵庫は、胴田貫を懐紙で拭い、鞘《さや》に納めて先に進んだ。

虎松を闇討ちしようとした裏柳生の七人の刺客は悉《ことごと》く斃《たお》した。だが、裏柳生がこのまま黙って引き下がる筈《はず》はない。既に何らかの手を打っているのだ。

兵庫は、虎松を負ぶって進んだ。

旅人たちは、恐ろしげに囁《ささや》き合いながら兵庫を見守った。

兵庫は、斃した不動から出来るだけ早く離れた。

「虎、眼を開けても良いぞ」

「うん……」

虎松は、固く瞑っていた眼を開けた。

景色は既に変わっていた。

「父上……」

虎松は、兵庫の背から降りようとした。

「うむ……」

兵庫は、虎松を背から下ろした。

虎松は、辺りを見廻《みまわ》した。

「おはると弥平は……」

「後から来るだろう」

「後から……」

虎松は、淋《さび》しげに背後を眺めた。

「行くぞ……」

兵庫は、虎松を連れて竹原宿に急いだ。

卯《う》の刻六つ半(午前七時)。兵庫と虎松は竹原宿に着き、茶店で一休みした。

兵庫は、茶店の老婆に茶と団子を頼んだ。

虎松は、紙風船を突きながら来た道におはるの姿を捜した。だが、おはると弥平の姿は見えなかった。

「おまちどおさま……」

茶店の老婆が、茶と団子を持って来た。

「虎、団子だ」

「うん……」

虎松は、縁台《えんだい》に腰掛けて団子を食べ始めた。

「足はどうだ」

「痛くないよ」

虎松は、団子を食べながら草鞋擦れになった左足を揺らしてみせた。

「そうか……」

竹原宿から一里九丁で府中宿だ。

府中宿には昼前に着きたい……。

兵庫と虎松は、茶店での休息を早めに切上げて水戸街道を府中宿に向かった。

昼前、兵庫と虎松は府中宿に着いた。

府中宿は、石岡藩二万石、松平播磨守《まつだいらはりまのかみ》の領地だ。

石岡藩の藩祖は、水戸徳川頼房の五男・松平頼隆《よりたか》であり、水戸藩の支藩と云えた。

府中宿から江戸迄は、後二十二里あった。

兵庫と虎松は、一日半で八里の道程を来たのだ。

「虎。江戸迄、後二十二里だ。良く頑張ったな。偉いぞ」

兵庫は、虎松を誉《ほ》めた。

「うん……」

虎松は、兵庫に誉められて嬉しげに笑った。

府中宿から江戸に行くには、水戸街道の他に霞ヶ浦《かすみがうら》を迂回《うかい》して行く鹿島《かしま》廻りの宇都宮道《うつのみやどう》があった。

宇都宮道は、日本橋から下総国《しもうさのくに》を抜けて香取《かとり》や鹿島を廻り、下野国《しもつけのくに》宇都宮に行く道だ。

宇都宮道で府中宿から江戸に行くには、霞ヶ浦沿いを進んで麻生《あそう》藩一万石新庄越前守《しんじょうえちぜんのかみ》の領地を抜け、鹿島、潮来《いたこ》、香取、神崎《かんざき》、木颪《きおろし》、鎌ヶ谷《かまがや》を通って行徳《ぎょうとく》に行き、行徳船で江戸小網町《こあみちょう》三丁目の行徳河岸に着く。行徳河岸から日本橋迄は直ぐだ。しかし、かなりの遠廻りになる。

兵庫は、宇都宮道ではなくこのまま水戸街道を進む事にしていた。

水戸街道筋の一膳飯屋は、昼飯を食べる旅人や人足たちで賑《にぎ》わっていた。

兵庫と虎松は、窓辺に座って汁と鯉《こい》の味噌煮《みそに》で飯を食べた。

虎松は、飯に汁を掛けて美味《うま》そうに食べた。

兵庫は苦笑した。

次の宿場の稲吉《いなよし》宿迄は一里三十丁。そして、土浦《つちうら》宿は稲吉宿から二里の処にあり、都合三里三十丁だ。

日暮れ迄には、何としてでも土浦宿に行きたい。出来れば、土浦宿から一里の中村《なかむら》宿迄だ。

兵庫と虎松は、昼飯を食べ終えて街道筋の一膳飯屋を後にした。

「虎……」

兵庫は、虎松を促して水戸街道を進んだ。

虎松は続いた。

陽《ひ》は中天に昇り、旅人の行き交う水戸街道は白っぽく輝いていた。

兵庫は、眩《まぶ》しげに眼を細めた。

白っぽい輝きの奥に虚無僧《こむそう》の姿が浮かんだ。

虚無僧は、兵庫と虎松の方にゆっくりとやって来た。

兵庫は、虚無僧を見つめながら進んだ。
ゆっくりとやって来る虚無僧が二人になり、三人になった。
新手の刺客……。
兵庫の勘が囁いた。
「虎……」
兵庫は、虎松を傍《そば》に引き寄せ、背後を振り返った。
背後からも三人の虚無僧がやって来た。
虚無僧は前後に六人……。
兵庫と虎松は挟まれた。
裏柳生に抜かりはない……。
兵庫は、裏柳生の恐ろしさを知った。
「父上……」
虎松は、兵庫の顔を怪訝《けげん》に見上げた。
「虎、新手の裏柳生の刺客だ……」
兵庫は、虎松を抱き上げた。
虚無僧たちは足取りを速め、やがて小走りに兵庫と虎松に迫った。

兵庫は、虎松を抱いて街道から道端の茂みに逃れた。

茂みは兵庫の腰の高さに生えていた。

「虎、茂みに身を隠しながらあそこの一本松迄、行けるか……」

兵庫は、茂みの中に立っている一本の松の木を示した。

「うん……」

虎松は、真剣な面持ちで頷《うなず》いた。

「よし。ならば、一本松に行って待て……」

「分かった」

兵庫は、抱いていた虎松を茂みに下ろした。

虎松の姿は茂みに隠れた。

兵庫は、駆け寄って来る六人の虚無僧に向き直った。

六人の虚無僧は刀を抜き、素早く兵庫を取り囲んだ。

兵庫は、胴田貫を抜いて下段に構え、刀を茂みに隠した。

六人の虚無僧は、抜いた刀を翳《かざ》して兵庫に殺到した。

兵庫の胴田貫が、茂みから不意に閃《ひらめ》いた。

左手から斬り掛かった虚無僧が、不意を衝かれたように脇腹を斬られて茂みに沈んだ。
兵庫が、左手一本で胴田貫を下段から鋭く斬り上げたのだ。
虚無僧たちは微かに怯《ひる》んだ。
兵庫は、再び胴田貫を下段に構えて茂みに隠した。
胴田貫は茂みに隠れ、太刀筋を読む事が出来なくなった。
虚無僧たちは慎重になった。
手間取ってはいられない……。
兵庫は、胴田貫を下段に構えたまま押した。
虚無僧たちは、後退すると見せ掛けて猛然と押し返した。
兵庫は、先頭の虚無僧と交錯しながら胴田貫の一閃を放った。
天蓋《てんがい》が斬り飛ばされ、虚無僧が血を飛ばしながら横倒しに倒れた。
虚無僧の一人が一本松に走った。
兵庫は、横倒しに倒れた虚無僧の刀を拾い、一本松に走る虚無僧に投げ付けた。
刀は唸《うな》りをあげ、一本松に走る虚無僧の背に突き刺さって胴震《どうぶる》いした。
虚無僧は前のめりに倒れた。

残った虚無僧たちは、兵庫に次々と手裏剣《しゅりけん》を放った。

兵庫は、胴田貫を閃かせて飛来する手裏剣を叩き落とし、茂みの中を一本松に走った。

虚無僧たちは追った。

兵庫は、一本松に駆け寄った。

「虎……」

「父上」

虎松が、一本松の下の茂みから顔を出した。

兵庫は、虎松に背を向けた。

「乗れ」

虎松は、兵庫の背にしがみついた。

兵庫は虎松を負ぶり、胴田貫で茂みを斬り払いながら走った。

茂みを抜けると、そこには川が流れていた。

霞ヶ浦に流れ込む恋瀬川《こいせがわ》だ。

兵庫は、背後を油断なく窺った。

虚無僧たちの気配はなかった。

逃げ切った……。

兵庫は、刺客の虚無僧たちが追って来ないのを見定めて胴田貫に拭いを掛けた。

「父上……」

「うむ。どうにか逃げ切ったようだ」

兵庫は、虎松を下ろして息を整え、辺りを見廻した。

恋瀬川は静かに流れ、上流の彼方《かなた》に筑波山が見えた。

水戸街道から大分離れてしまった……。

兵庫は、水戸街道に戻る事を考えた。だが、水戸街道には、裏柳生の刺客たちが待ち構えている恐れがある。

水戸街道に戻るのは危険過ぎる。

ならばどうする……。

兵庫は思いを巡らせた。

間道や田舎道を使い、府中宿の先の稲吉宿か土浦宿迄行くか……。

虎松は、恋瀬川の流れに枯葉を浮かべて遊んでいた。

枯葉は流れに乗り、霞ヶ浦に行く筈だ。

霞ヶ浦……。

兵庫は、舟で霞ヶ浦を渡って土浦宿に行く道筋があるのに気付いた。

府中宿から土浦宿迄は、陸路で三里三十丁だ。舟で霞ヶ浦に行くのは、かなりの遠廻りになる。しかし、身体も休めて危険も少ない筈だ。

「よし……」

兵庫は決めた。

「行くぞ、虎」

兵庫は、虎松を連れて恋瀬川沿いを霞ヶ浦に向かった。


「刺客三之組頭双竜《そうりゅう》から報《しら》せ鳩《ばと》が……」

近習の榊菊之助が、小さく巻かれた書状を差し出した。

柳生幻也斎は、書状を広げて読んだ。

書状には、刺客二之組頭不動が黒木兵庫に斃された事が記されていた。

「不動、口程にもない……」

柳生幻也斎は吐き棄《す》てた。

「斃したのは黒木兵庫か……」

幻也斎は、微かな怒りを過《よぎ》らせた。

「うむ。菊之助、黒木兵庫なる者の詳しい事は、分かったのか……」

幻也斎は菊之助に尋ねた。

「はい。草からの報せによれば、黒木兵庫は家代々の水戸藩御納戸方刀番だそうにございます……」

「刀番……」

幻也斎は眉をひそめた。

「はい。藩主所蔵の刀剣類の保管手入れが役目の閑職で、家中でも取立てて目立つ者でもなく、此度《こたび》の仕儀《しぎ》には草も戸惑っている様子にございます」

「水戸家には、藩主の所蔵する刀の試し斬りをする役目があると聞くが……」

「試し斬りにございますか……」

菊之助は眉をひそめた。

「左様。切腹する者の介錯《かいしやく》、罪人の打ち首や胴斬りなどをして刀の斬れ味を見定める……」

幻也斎は睨《にら》んだ。

「ならば水戸家刀番とは、試し斬りが隠された役目……」

「おそらくな。そして、その刀番、黒木家が代々受け継いで来たのであろう」

「黒木家が……」

「左様。恐ろしい程の剣もな……」

幻也斎は厳しさを滲《にじ》ませた。

「三之組の双竜、黒木兵庫を斃し、首尾良く虎松を始末出来るでしょうか……」

菊之助は懸念を抱いた。

「謀《はかりごと》の双竜、抜かりはあるまい……」

幻也斎は告げた。

二

恋瀬川の流れは、陽差しに煌めいていた。

兵庫と虎松は、恋瀬川の流れに沿って茂みを進んだ。

陽差しは草いきれを漂わせ、茂みは兵庫と虎松の手足に切り傷を作った。

兵庫と虎松は進んだ。

茂みの向こうに煌めきが広がった。

霞ヶ浦だ。

「うわぁ……」

虎松は湖畔に走った。

兵庫は続いた。

「父上……」

虎松は、広い霞ヶ浦に眼を輝かせた。

「虎、これが霞ヶ浦だ」

広い霞ヶ浦は青く、遠くに白帆に風を漲《みなぎ》らせた舟が行き交っていた。

「さあ、舟を探すぞ」

兵庫は、虎松を連れて湖畔に舟を探し始めた。

湖の外れに漁師の小舟が見えた。小舟では漁師が投網《とあみ》を打っていた。兵庫は、湖畔の林の奥に茅葺《かやぶ》きの家があるのに気が付いた。

「行くぞ、虎……」

兵庫は、虎松を連れて湖畔の茅葺きの家に向かった。

茅葺きの家は古く、前庭には網が干されていた。

「御免。誰かいないか……」

兵庫は、茅葺きの家の中に声を掛けた。

狭い家の中は薄暗く、人気《ひとけ》はなかった。

「父上……」

「きっと漁に出ているのだ。待とう……」

「うん……」

兵庫と虎松は、家の前に作られた粗末な桟橋《さんばし》に腰掛けた。

「広いんだね」

虎松は、霞ヶ浦を眩しげに眺めた。

「ああ。だがな虎松、海はもっと広いぞ」

兵庫は、蝦蟇《がま》の膏《あぶら》を取り出して虎松の小さな手足の切り傷に塗った。

「海……」

虎松は眼を丸くした。

「ああ。海だ」

「海か。行ってみたいな」

「虎松は行った事がないのか……」

「うん……」

虎松は、淋しげに頷いた。

「お城の傍の那珂川を下ると、那珂湊《みなと》に大洗《おおあらい》の海だ。いつか連れて行ってやる」

「うん。武士の約束だよ」

虎松は、嬉しげに眼を輝かせた。

「ああ。約束だ」

兵庫は微笑《ほほえ》んだ。

約束を果たすには、裏柳生の刺客たちを斃し、虎松を江戸にいる殿の許《もと》に無事に送り届けなければならない。

こんな幼い虎松を……。

兵庫は、虎松を殺そうとしている者に激しい怒りを覚えた。

櫓《ろ》の軋《きし》みが近付いて来た。

「父上……」

虎松が立ち上がり、霞ヶ浦を指差した。

小舟が櫓を軋ませながらやって来た。

兵庫と虎松は、小舟が粗末な桟橋に着くのを待った。

「やあ、お侍さん……」

中年の漁師が、小舟の船縁《ふなべり》を桟橋に着けながら兵庫に怪訝な眼差しを向けた。

「済まぬが、土浦迄、舟で連れて行っては貰《もら》えぬか……」

「土浦……」

中年の漁師は眉をひそめた。

「うむ。見ての通りの子連れでな。駄賃は弾むが……」

兵庫は頼んだ。

「幾ら貰えるんですかい……」

中年の漁師は、兵庫に探る眼を向けた。

「一朱……」

「何処《どこ》から来たんですか……」

「府中からだが……」

兵庫は戸惑った。

「それじゃあ、大変でもお子を連れて府中に戻るんですね」

中年の漁師は、善良そうな笑みを浮かべた。

善良そうな笑みは、他人の弱味に付け込んだ狡猾《こうかつ》な嘲笑《ちようしよう》だった。

「分かった。駄賃は一両だ」

兵庫は苦笑した。

「お侍さん、土浦にはお急ぎですかい」

中年の漁師は、わざとらしい笑顔を作った。

「うむ。今直ぐだ」

「承知しました。直ぐに仕度をします」

中年の漁師は、小舟から鯉や鮒《ふな》、鰻《うなぎ》などを入れた竹籠を下ろした。

「うわぁ……」

虎松は、物珍しそうに竹籠の中の魚を覗《のぞ》いた。


霞ヶ浦は波もなく、鏡のように輝いていた。

兵庫と虎松を乗せた小舟は、霞ヶ浦出島《でじま》の田伏《たぶせ》を廻って土浦に向かった。

湖面を吹き抜ける微風は、兵庫と虎松の鬢《びん》の解《ほつ》れ髪を僅かに揺らしていた。

虎松は、船酔いもせずに興味深げに辺りを見廻していた。

「旦那、土浦から江戸《えど》に行くんですかい……」

中年の漁師は、櫓を漕ぎながら兵庫に尋ねた。

「小さなお子を連れて大変ですね」

「うむ……」

「まあな……」

兵庫は苦笑した。

小舟の舳先《へさき》は水面《みなも》を切って進んだ。

切られた水は渦《うず》を巻き、船縁から艫《とも》に流れ去った。そして、船縁に泡が浮かんで消えた。

兵庫は泡に気付いた。

刹那、水中から男の手が出て船縁を摑んだ。

小舟は、大きく揺れて傾いた。

「父上……」

虎松が驚いて叫び、立ち上がろうとした。

「立つな……」

兵庫は虎松を制し、片膝を付いて胴田貫を抜き打ちに放った。

胴田貫の閃きが、船底に座り込んだ虎松の頭上を過《よぎ》った。

下帯《したおび》一本の男が、血を振《ふ》り撒《ま》きながら水中から跳ね上がった。

裏柳生の刺客……。

兵庫は、二の太刀を放った。

下帯一本の男は、腹を斬られて仰け反り倒れた。

水飛沫《みずしぶき》が煌めき、赤い血が広がった。切断された下帯一本の男の手が、船縁を摑んだまま残っていた。

「伏せろ、虎……」

兵庫は命じた。

虎松は船底に伏せた。

下帯一本の二人の刺客が、小舟の左右の水中から襲い掛かって来た。

兵庫は、胴田貫を閃かせた。だが、小舟が激しく揺れ、胴田貫は空を斬った。

一人の刺客の刀が、兵庫の左の二の腕を斬り裂いた。

兵庫は、斬られた左腕で刺客を摑まえ、胴田貫を突き刺した。

刺客は水中に沈んだ。

兵庫は船底に座り、襲い掛かって来た残る刺客の脚を斬った。

脚を斬られた刺客は、身体の均衡を崩して水の中に落ちた。

赤い血が水面に広がった。

兵庫は、乱れた息を整えようとした。
虎松が、船底から顔を上げた。
「父上……」
虎松が、兵庫の背後を見ながら叫んだ。
兵庫は、咄嗟に胴田貫を背後に鋭く突き出した。
手応《てごた》えがあった。
中年の漁師の苦しい呻《うめ》きが洩《も》れた。
兵庫は振り返った。
手槍を構えた中年の漁師が、下腹を胴田貫に貫かれて激しく痙攣《けいれん》していた。
兵庫は、胴田貫を引き抜いた。
中年の漁師は、身体を回転させて霞ヶ浦に落ちて派手な水飛沫を上げた。
一瞬、派手に上がった水飛沫に小さな虹が架かった。
中年の漁師は、裏柳生の刺客の一人だった。
小舟は漂った。
兵庫は、油断なく小舟の周囲を見廻した。
霞ヶ浦の湖面に静けさが広がり、四人の刺客の死体が浮かんだ。

罠《わな》……。

兵庫は、何もかもが裏柳生の刺客の仕組んだ罠だと気付いた。

裏柳生の刺客は、兵庫と虎松を水戸街道から街道外れの茂みに追い込み、霞ヶ浦を舟で渡るように巧みに誘ったのだ。

中年の漁師は、裏柳生の刺客の一人だった。

兵庫は罠に落ちた己を恥じ、悔やんだ。だが、どうにか切り抜ける事が出来た。

霞ヶ浦の湖面の静けさは続いた。

裏柳生の刺客はいない……。

兵庫は見定めた。

「父上……」

虎松が、心配げに眉をひそめていた。

兵庫は、己の左の二の腕が斬られ、血が流れているのを思い出した。

「虎、袖を捲《まく》ってくれ……」

「うん……」

虎松は、兵庫の左腕の袖を捲った。

二の腕は血に塗《まみ》れていた。

兵庫は、手拭を水で濡《ぬ》らして傷を拭き、具合を見た。

傷は大きいが、幸いな事に骨には届いていなかった。だが、血は流れ続けた。

血を止めなければならない……。

兵庫は、肌着の左の袖を破り、胴田貫の鞘から笄《こうがい》を抜いた。そして、肌着の左袖を肩口にあげ、笄を通して廻した。

肌着の左袖は輪を縮め、傷の上の肩口を締め始めた。

「父上……」

「傷を負ったら先《ま》ずは血を止める……」

兵庫は、笄を廻し続けた。

肌着の左袖は、縒《よ》り合わされた紐《ひも》のようになって肩口を締め上げた。

「虎、笄を廻してくれ」

「うん……」

虎松は、顔を赤くして両手で笄を廻した。

流れる血の勢いは弱まった。

兵庫は、傷口に蝦蟇の膏を塗り、手拭を巻いて縛った。

「よし。もう、いいぞ」

兵庫は微笑んだ。

「うん……」

虎松は頷き、艀から手を離した。

小舟は、兵庫と虎松を乗せて漂った。

兵庫は辺りを見廻した。

霞ヶ浦出島が北に見え、陽は筑波山の方に大きく傾いていた。

土浦は西だ。

「よし。行くぞ、虎松……」

「うん……」

兵庫は、右手で櫓を操って小舟の舳先を西に向けた。そして、右手一本で櫓を漕いで土浦に急いだ。だが、小舟は方向も定まらず遅々として進まなかった。

夕陽は筑波の山並みに沈み始めた。

兵庫は焦った。

日が暮れる前に、小舟を岸に着けなければならない。

兵庫は、小舟の舳先を岸辺に向けて懸命に櫓を漕いだ。虎松は、兵庫の櫓を握る右手に両手を添えて手伝った。

「手伝ってくれるのか、虎」

兵庫は微笑んだ。

「うん……」

虎松は頷き、兵庫と共に懸命に櫓を漕いだ。

小舟は、僅かずつだが岸辺に向かっていた。

夕陽は霞ヶ浦の湖面を赤く染め始めた。


日は暮れた。

焚火《たきび》は燃え上がった。

兵庫は、小舟にあった投網を打って鯉や鮒を獲《と》り、小枝に刺して焚火で焼いた。

虎松は、興味深げに見守った。

兵庫と虎松は、日暮れ前に辛《かろ》うじて岸辺に降り立つ事が出来た。

兵庫は、野宿をする事に決めて焚火をし、小舟にあった投網を打った。

焚火に焙《あぶ》られた魚は、美味そうな匂いを漂わせた。

「焼けたぞ」

「うん……」

虎松は、嬉しげに頷いた。

兵庫は、虎松に焼けた魚を渡した。

「いいか。こうして食べるんだ」

兵庫は小枝を摑み、焼けた魚の背中に齧《かじ》り付いて食べた。

「分かった……」

虎松は、兵庫の食べ方を真似《まね》て魚を食べた。

「美味い……」

虎松は、眼を丸くして笑った。

「そうか。美味いか……」

「うん……」

「そいつは良かった」

兵庫と虎松は、焼いた魚に舌鼓《したつづみ》を打った。

霞ヶ浦の岸辺は人や獣の来る様子もなく、夜の闇と静寂に包まれていた。

半刻（約一時間）が過ぎた。虎松は、焚火の傍で眠った。
兵庫は、焚火の火を絶やさないように流木や枯れ木を焼《く》べた。
火は静かに燃え続けた。
人の気配はない。
ゆっくり眠る事が出来る……。
兵庫は、張り詰めていた緊張を解き、左腕の傷の手当てを始めた。
既に血は止まっていたが、痛みは続いていた。
兵庫は、傷の手当てを終えて横になった。
満天の星は美しく煌めいていた。
蒼白《あおじろ》い月明かりは、荒れ寺の本堂に並ぶ粗末な仏像を仄《ほの》かに照らしていた。
裏柳生刺客三之組の虚無僧は、差し込む月明かりを受けて座っていた。
「鬼若《おにわか》……」
並ぶ粗末な仏像から嗄《しわが》れ声がした。
「お頭……」
鬼若と呼ばれた虚無僧は、天蓋を取って平伏した。

「蝮《まむし》たちは如何《いかが》致した」

「はい。企て通り、蝮の小舟に乗せて土浦に向かい、他の者が追ったのですが……」

　鬼若は言葉を濁した。

「どうなったか分からぬか……」

「はっ。未《いま》だ以《もっ》て蝮を始め誰も戻りませぬ」

　鬼若は、苦しげに告げた。

「斃されたか……」

　嗄れ声には腹立たしさが含まれていた。

「お頭、黒木と虎松は、おそらく土浦に現われる筈……」

「鬼若、黒木と虎松、霞ヶ浦を渡って間道伝いに宇都宮道に出て行徳から江戸に向かうやもしれぬ。その方、これから手の者を従えて木颪《きおろし》に急ぎ、見張るのだ」

「ですがお頭、もし黒木と虎松が……」

「案ずるな鬼若。黒木と虎松が土浦に現われれば、裏柳生刺客三之組頭のこの双竜が必ず斃し、虎松を亡き者にしてくれる。行け」

「はっ……」

鬼若は、天蓋を持って荒れ寺の本堂から立ち去った。

裏柳生刺客三之組頭双竜は、姿を見せないまま消えた。

並ぶ粗末な仏像は、蒼白い月明かりを浴びて不気味に浮かんだ。


霞ヶ浦は朝霧に覆われていた。

岸辺に繋《つな》いだ小舟は揺れていた。

兵庫は、消え掛かった焚火に小枝を焼べた。

焚火は燃え上がった。

「父上、舟に乗らないの……」

虎松は怪訝に尋ねた。

「この霧だ。下手に漕ぎ出して方向が分からなくなると霞ヶ浦で迷子になる。舟に乗るのは、霧が晴れてからだ」

兵庫は言い聞かせた。

「そうか……」

虎松は、感心したように頷いた。

「よし、朝飯にしよう」

「うん……」

兵庫と虎松は、昨夜獲った魚の残りに小枝を刺し、焚火に翳した。

半刻が過ぎた。

朝霧は消え、霞ヶ浦は晴れ渡った。

「よし、虎、舟に乗れ」

「うん……」

虎松は、小舟に乗り込んだ。

兵庫は、虎松の乗った小舟を土浦に向かって漕ぎ出した。

常陸国土浦藩土屋《つちや》家は九万五千石の譜代《ふだい》大名だ。

手間取った……。

兵庫は櫓を漕いだ。

左腕の傷は痛んだが、血が出る事はなかった。

虎松は、舳先に座って楽しげに湖面を眺めていた。

裏柳生の刺客の襲撃は終わった訳ではない。

土浦宿から江戸迄は十八里以上あり、牛久《うしく》、藤代《ふじしろ》、取手《とりで》、我孫子《あびこ》、小金《こがね》、松戸《まつど》、新宿《にいじゆく》、千住《せんじゆ》などの宿場がある。

そうした宿場には、おそらく新手の刺客が待ち構えているに違いないのだ。

刺客を倒し、虎松を必ず殿の許に連れて行く……。

兵庫は、闘志を新たにした。


江戸・本郷追分の水戸藩江戸中屋敷は、緊張感に満ち溢《あふ》れていた。

緊張感は、藩主斉脩の正室・峰姫の苛立《いらだ》ちによって生み出されていた。

「楓、佐和は未だ戻らぬのか……」

峰姫は、奥女中の楓に苛立ちを露《あらわ》にした。

「はい。申し訳ございませぬ」

楓は詫《わ》びるしかなかった。

「峰姫さま……」

老女の佐和が、次の間にやって来た。

「戻ったか、佐和……」

「はい。柳生対馬守どのに逢《あ》って参りました。楓、下がっておれ」

「はい」

楓は、微かな安堵を過《よぎ》らせて峰姫の前から下がった。

「して佐和、首尾は……」

「それが、未だ……」

佐和は眉をひそめた。

「未だだと……」

峰姫は、怒りを滲ませた。

「はい」

「おのれ柳生。小童《こわっぱ》一人始末するのに何を梃摺《てこず》っているのじゃ」

「小童には黒木兵庫と申す手練《てだ》れが付いており、裏柳生総帥の幻也斎どのも次々と刺客を放ち、一刻も早く峰姫さまに吉報をお届けすると……」

「して、佐和。小童はまこと江戸に向かっているのか……」

「はい……」

「ならぬ。小童を殿に逢わせてはならぬ。心得ておろうな、佐和」

峰姫は、老女の佐和を厳しく見据えた。

兵庫と虎松の乗った小舟は西に進んだ。

「父上、舟が来る……」

虎松が、行く手を指差して叫んだ。

行く手から荷を積んだ船が、櫓を軋ませながらやって来た。

兵庫は、油断なく荷船を見据えた。

荷船は近付いて来た。

「虎、船底に座れ」

兵庫は、厳しく命じた。

「うん……」

虎松は、船底に座って淦取《あかと》りを顔の前に翳した。

兵庫は、近付いて来る荷船を見据えて櫓を漕いだ。

荷船は、老船頭が櫓を漕いでいた。

「こりゃあ、お侍さん、良い日和《ひより》だなあ……」

老船頭は、日焼けした皺《しわ》深い顔に笑みを浮かべ、長閑《のどか》な声を掛けて来た。

裏柳生の刺客ではない……。

兵庫は見定めた。

「まったくだ。船頭、土浦は此処《ここ》を西に進めば良いのだな」

兵庫は、土浦への方向を確かめた。

「ああ。もう直《じき》、土浦が見えるでな。気を付けて行きなされ」

老船頭は、荷船の櫓を漕いで擦れ違って行った。

兵庫は、小舟の櫓を漕いだ。

やがて、湖面には漁師舟が見え始めた。

「父上……」

虎松が、霞んで見える陸地を指差した。

「うん。土浦の宿だ……」

兵庫は、微かな安堵を覚えた。

三

土浦の船着場は、荷船に荷物の積み降ろしをする人足や漁師たちで賑わっていた。

兵庫は、船着場に小舟を着けた。

虎松は、元気に小舟を下りた。

「虎……」

兵庫は、虎松を呼び止めて辺りを油断なく窺った。

船着場は、船頭や人足たちが忙しく働いているだけで不審な者はいない。

兵庫は見定めた。

「虎、腹拵《はらごしら》えだ」

「うん……」

虎松は、嬉しげに頷いた。

兵庫は、虎松を連れて船着場の外れにある飯屋の暖簾《のれん》を潜《くぐ》った。

飯屋は、飯時も過ぎて客はいなかった。

兵庫と虎松は、とろろ飯と茄子《なす》の煮物を食べた。

「とろろ飯、美味いだろう……」

「うん」

虎松は、とろろ飯を美味そうに食べた。


兵庫と虎松は、飯を食べ終えて飯屋を出た。

「虎、江戸迄あと十八里以上。刺客共の攻撃は益々厳しくなる」

兵庫は告げた。

虎松は、緊張した面持ちで頷いた。

「そこでだ。もし私が斬られたり、死んだりしたら、一人で江戸に行き、小石川御門外にある水戸藩江戸上屋敷に行くのだ。いいな」

「父上……」

虎松は、微かな怯えを滲ませた。

「心配するな、虎。私は滅多な事では死なぬ」

兵庫は微笑んだ。

「うん……」

虎松は、嬉しげに頷いた。

「よし。行くぞ……」

兵庫は、虎松を連れて水戸街道に向かった。

水戸街道は、旅人と荷を積んだ馬や荷車などが行き交っていた。

兵庫と虎松は、土浦宿を出立した。

「あっ、虎松さま……」

若い女の声が、虎松の名を呼んだ。

虎松と兵庫は、女の声のした方を見た。

行商の薬売りのおはるが、茶店から祖父の弥平と一緒に駆け寄って来た。

「あっ、おはる姉ちゃんだ」

虎松は、眼を輝かせた。

「相良さま、小太郎さま……」

弥平は、兵庫と虎松を偽名で呼び、深々と頭を下げた。

兵庫は、片倉宿の旅籠『寿や』で〝相良竜之介・小太郎〟と偽名を使ったのを思い出した。

「御無事で何よりにございました」

弥平は、老顔を綻《ほころ》ばせた。

「うん……」

兵庫は苦笑した。

「心配したんですよ。小太郎さま……」

おはるは、虎松の前にしゃがみ込んだ。

「うん……」

虎松は、懐から折り畳んだ紙風船を出して見せた。

「あら……」

虎松は、紙風船を膨らませて突き上げた。

「まあ、上手になったわねえ」

おはるは、手を叩いて誉めた。

虎松は、数を数えながら紙風船を突いた。

「相良さま、このまま江戸に……」

「うむ……」

「宜《よろ》しければ道連れに……」

「ああ。構わんよ」

「ありがとう存じます。では……」

「行くぞ……」

兵庫は虎松を促した。

「はい」

虎松とおはるは歩き出した。

兵庫は、弥平と共に虎松とおはるに続いた。

虎松は、おはると楽しげに進んだ。

兵庫と弥平は続いた。

水戸街道には様々な旅人が行き交っていた。

四人は高津村《たかつむら》を通り、中村宿に着いた。

陽は西に傾き始めていた。

兵庫は、次の宿場の牛久宿に何とか辿《たど》り着きたかった。

四人は、中村宿で僅かに休息をして先を急いだ。


牛久は、牛久藩一万石山口但馬守《やまぐちたじまのかみ》の領地であり、宿場の入口から夕陽に輝く牛久沼が見えた。

兵庫、虎松、弥平、おはるは、夕暮れ時に漸《ようや》く牛久宿に着いた。

「どうにか着きましたね」

弥平は微笑んだ。

「うむ。さあて、宿だが……」

兵庫は辺りを見廻した。

「牛久には、あさやと申す旅籠が一軒だけあります。泊まれるかどうか、手前が聞いて参りましょう」

弥平はそう云い、止める間もなく旅籠『あさや』に向かった。

兵庫は、虎松やおはると待った。

僅かな時が過ぎ、弥平が小走りに戻って来た。

「相良さま、あさやはもう客で一杯で、相部屋も叶《かな》わぬと……」

弥平は、申し訳なさそうに告げた。

「一杯か……」

兵庫は戸惑った。

「はい……」

「そうなると野宿か……」

兵庫は眉をひそめた。

幼い虎松に二日続けての野宿は厳しい。

兵庫は困惑した。

「あの……」

弥平が、遠慮がちに兵庫を見つめた。

「なんだ……」

「牛久宿には懇意にしている家がありまして、手前共はそこに泊まるつもりですが、宜しければ相良さまたちも……」

「泊めて貰えるのか……」

「はい。頼めば、きっと大丈夫かと……」

「そうか。ならば頼んで貰おうか……」

「はい。では……」

弥平とおはるは歩き出した。

兵庫は、虎松を連れて続いた。

百姓家は、水戸街道から外れた牛久沼の畔《ほとり》にあった。

弥平とおはるは兵庫と虎松を案内し、百姓家に一人住んでいる老婆に頼んだ。

「それはそれはお困りでしょう。こんな荒屋《あばらや》で良ければ、どうぞお泊まり下され」

老婆は、快く頷いてくれた。

「助かった。世話になる」

兵庫は、老婆に頭を下げた。

「いいえ。さあさあ、裏の井戸端で足を濯《すす》いできなされ」

老婆は勧めた。

「うむ……」

「御案内します」

おはるは、兵庫と虎松を裏の井戸端に案内した。

兵庫と虎松は、裏の井戸端で顔と手足を洗い、百姓家の囲炉裏《いろり》を囲んだ。

囲炉裏には鍋が掛けられており、野菜の多く入った雑炊《ぞうすい》が煮えていた。

「さあ、何もございませんが、雑炊が煮えております。どうぞ、お食べ下さい」

「忝《かたじけな》い……」

兵庫は礼を述べた。

「じゃあ私が……」

おはるが椀に雑炊を装《よそ》い、兵庫と虎松に差し出した。

「どうぞ……」

「済まぬ……」

「父上……」

虎松は、喉を鳴らして兵庫を見上げた。

「うむ。弥平やおはると一緒にな……」

兵庫は、虎松を待たせた。

「うん……」

おはるは、弥平と自分にも雑炊を用意した。

「お待たせ致しました。じゃあ、戴きます」

弥平は、雑炊をすすって食べ始めた。

兵庫は続いた。

雑炊に変わった味はしなかった。

「美味いぞ。戴きなさい」

兵庫は、虎松に笑い掛けた。

「うん。戴きます」

虎松は、嬉しそうに雑炊を食べ始めた。

おはるも食べ始めた。

野菜の多く入った雑炊は美味かった。


夜は更けた。

老婆は、兵庫と虎松に奥の座敷を用意した。

弥平とおはるは、居間の囲炉裏端で寝る事になった。

兵庫と虎松は、奥の座敷に敷かれた粗末な蒲団《ふとん》に横になった。

全身から疲れが一気に湧き出した。

虎松は、直ぐに寝息を立てた。

兵庫は、居間にいる弥平とおはるたちの気配を窺った。

弥平とおはるは、眠ったのか動く気配はしなかった。

兵庫は、音を忍ばせて障子を開けた。

障子の外は縁側であり、雨戸が閉められていた。

兵庫は、雨戸のさるを外して開けようとした。だが、雨戸は釘《くぎ》を打ち付けられているらしく開かなかった。

座敷から外に出るには、弥平とおはるのいる居間を通るしかない。

兵庫は座敷に戻り、隅の畳を上げて床板を動かした。床板は釘を打たれておらず、簡単に動いた。

兵庫は、床板の下から外に出られると見定め、畳を元に戻した。

一刻(約二時間)程が過ぎた。

兵庫は、座敷に忍び込んで来る煙りに気付き、眼を覚ました。

火を放った……。

やはり、弥平とおはるは、裏柳生の刺客だった。

兵庫は、土浦宿でおはるが虎松を〝虎松さま〟と呼んだのが気になっていた。

弥平とおはるは、兵庫と虎松を偽名の〝相良竜之介と小太郎〟としか知らない筈だ。それなのに、おはるは〝虎松さま〟と呼んだ。

弥平とおはるは、裏柳生の刺客……。

兵庫は疑いを抱いた。そして、それを見定める為に弥平の誘いに乗った。

火は四方から燃え上がった。

おそらく弥平とおはるは、火に囲まれた兵庫と虎松が居間に逃げ出して来るのを待ち構えているのだ。

兵庫は、眠っていた虎松を起こした。

虎松は、眼を覚まして燃える炎に驚いた。

「狼狽《うろた》えるな……」

兵庫は、虎松を落ち着かせて身支度を整えさせた。

火は燃え盛った。

裏柳生刺客三之組の頭の双竜は、薬売りの弥平だった。

双竜は、配下のおはること花竜《かりゅう》と忍び草の老婆お蓮《れん》と共に兵庫と虎松が座敷から出て来るのを待ち構えた。

火は音を立てて燃え上がった。

いつ飛び出して来るか……。

双竜は長槍、花竜は長刀を翳し、お蓮は手裏剣を手にして待ち構えた。

「良いな。狙いは虎松の命だけだ……」

双竜は、花竜とお蓮に念を押し、燃え上がる炎を見据えた。

炎は大きく揺れ、煙りは渦を巻いた。

兵庫と虎松は出て来なかった。

「どうした……」

双竜は、微かな焦りを覚えた。

炎は座敷を焼き尽くし、居間に溢れ出して来た。

「お頭……」

花竜は、溢れた炎に煽《あお》られて眉をひそめた。

炎は容赦なく双竜、花竜、お蓮にも襲い掛かり始めた。

「おのれ、黒木。花竜、お蓮……」

双竜は、苛立ちを滲ませながら土間に降り、戸口に向かった。

百姓家は炎に包まれ、牛久沼の水面に映えた。

双竜は、花竜とお蓮を従えて燃え盛る百姓家を出ようとした。

鋭い殺気が、双竜の足を止めさせた。

花竜とお蓮は戸惑った。

双竜は、戸口に立ち止まり、厳しい面持ちで百姓家の前の木立を見据えていた。

「お頭……」

花竜とお蓮は、背後に迫る炎に狼狽《うろた》えた。

「黙れ……」

双竜は、花竜を制して木立を睨み付けた。

兵庫が、木立の陰から現われた。

「黒木兵庫……」

双竜は、怒りに顔を醜く歪めて戸口を出た。

「おのれ、どうして……」

「部屋には壁の他に天井も床もある……」

兵庫は笑った。

「床下か……」

双竜は、兵庫と虎松が床下から逃れたのに気付いた。

「弥平、おはる、やはり裏柳生の刺客か……」

兵庫は、淋しげに見つめた。

「裏柳生刺客三之組頭、双竜……」

「花竜……」

双竜は長槍、花竜は長刀を構えた。

「双竜に花竜か……」

兵庫は、胴田貫を抜き払って青眼《せいがん》に構えた。

胴田貫の刃に燃え上がる炎が映えた。

双竜は、兵庫に長槍を鋭く突き掛けた。

兵庫は、半身を開いて長槍を躱し、胴田貫を無造作に斬り下げた。

胴田貫は短く鳴り、長槍の蕪巻《かぶらまき》を斬り飛ばした。

双竜は怯んだ。

百姓家は、今にも焼け落ちそうに燃え上がっていた。

お蓮が手裏剣を放った。

兵庫は、身を沈めて手裏剣を躱し、そのまま一気にお蓮に迫った。

お蓮は、思わず後退《あとずさ》りをした。踵《かかと》が焼け落ちた戸口の鴨居《かもい》に当たり、燃える炎の上に仰向《あおむ》けに倒れた。

お蓮は、悲鳴をあげて炎から逃れようとした。だが、天井が焼け落ちてお蓮を覆った。

お蓮の絶叫が、燃え盛る炎の中に響いた。

「おのれ……」

花竜が、長刀を唸《うな》らせた。

兵庫は、地を蹴って背後に大きく飛び退いて躱した。

花竜は、尚《なお》も長刀を唸らせて兵庫に斬り掛かった。

兵庫は長刀を打ち払い、花竜の懐に一気に飛び込んだ。

長刀での接近戦は不利だ。

花竜は、慌てて長刀を棄て、忍び刀を抜こうとした。

兵庫は、体当たりをして花竜を弾き飛ばし、それを許さなかった。

花竜は、地面に激しく叩き付けられた。

双竜が、背後から忍び刀で兵庫に斬り掛かった。
兵庫は咄嗟に躱した。
刹那、双竜は左手から鎖竜吒《さりゅうだ》を放った。
鎖竜吒は鎖を伸ばし、鈎爪《かぎづめ》を煌めかせた。
兵庫の胴田貫を握る右手の袖が、鈎爪に捕らえられた。
双竜は、鎖竜吒を引いた。
兵庫は、咄嗟に胴田貫を立てて堪えた。
双竜は、右手の忍び刀を一閃した。
兵庫は、仰け反って忍び刀を躱し、双竜を激しく蹴りあげた。
双竜は下腹部を蹴りあげられ、思わず膝を突いた。
兵庫は僅かに腰を沈め、胴田貫を真っ向から斬り下げた。
閃光が双竜の首を貫いた。
双竜の首は、斬り落とされて転がった。
無双流の鮮やかな一刀だった。
百姓家は焼け落ち、火の粉と煙りを大きく巻き上げた。
裏柳生刺客三之組頭双竜は斃した。

兵庫は、肩で大きな吐息を洩らし、花竜とおはるの気配を探った。だが、花竜の気配は消えていた。

花竜は逃げた。

兵庫は、何故か微かな安堵を覚えた。

夜空に巻き上がった火の粉は、牛久沼の水面に散って消えた。


鳩は江戸の空に飛来し、上大崎の柳生藩江戸下屋敷の庭に舞い降りた。

近習の榊菊之助は、裏柳生総帥の柳生幻也斎の許に急いだ。

「何事だ……」

幻也斎は、菊之助を見据えた。

「はっ。只今、刺客三之組の報せ鳩が戻りました」

菊之助は告げた。

「して、首尾は……」

「それが、書状はなく、鳩だけが……」

「鳩だけ……」

幻也斎は眉をひそめた。

「はい……」

菊之助は頷いた。

「そうか……」

幻也斎は、刺客三之組頭の双竜の首尾を知った。

「お館さま……」

菊之助は幻也斎を窺った。

「報せ鳩が手ぶらで帰って来るのは、書状を記す者が斃された証《あかし》。双竜、虎松の始末に失敗したようだ」

幻也斎は、一抹の憐憫《れんびん》もなく事態を読んだ。

「では、花竜も……」

「おそらくな。菊之助、急ぎ刺客四之組の頭を呼べ……」

幻也斎は厳しく告げた。

水戸街道には旅人が行き交っていた。

兵庫と虎松は、夜が明けるのを待って牛久宿を出た。

虎松は、弥平とおはるが裏柳生の刺客だったと知って驚いた。そして、おはるのくれた紙風船を棄てた。

兵庫は、幼い虎松の心が深く傷付いたのを知った。

紙風船は、綺麗《きれい》に折り畳まれていた。それは、虎松のおはるに対する気持ちでもあった。

牛久宿から一里、兵庫と虎松は若柴《わかしば》を抜けて藤代宿に向かっていた。

虎松は、言葉もなく黙々と歩いた。

幼い心にあるものは、おはるに裏切られた怒りなのか、それとも哀しみなのか……。

兵庫は、黙々と歩く虎松を見守りながら進んだ。

行く手に小貝川《こかいがわ》が見えた。

小貝川に橋はなく舟渡だ。

兵庫と虎松は、渡し船で小貝川を渡った。

川風は心地良く吹き抜け、兵庫と虎松の解《ほつ》れ髪を揺らした。

四

藤代宿は江戸から十二里二十二丁だ。

兵庫と虎松は、藤代宿の飯屋で腹拵えをした。

裏柳生刺客二之組の不動たちと三之組の双竜たちは斃した。だが、裏柳生がこのまま手を引く筈はない。

江戸に近付くのは嬉しい事だが、裏柳生の攻撃はそれだけ激しくなる。

兵庫は、裏柳生の新たな刺客を警戒しながら水戸街道を取手宿に向かった。

取手宿は藤代宿から一里三十丁の処にある。

その間には谷中村《やなかむら》、米田村《よねだむら》、小泉村《こいずみむら》、吉田村《よしだむら》、取手新田村《しんでんむら》などがある。

取手宿から江戸迄は十一里程であり、兵庫一人なら一日で踏破《とうは》出来る道程と云えた。しかし、幼い虎松を連れての道中は、それを許してはくれない。

兵庫と虎松の道中に時が掛かる事は、裏柳生の新たな刺客に仕度の時を与えるのに他ならない。

兵庫は、微かな焦りを覚えた。

多くの旅人たちが擦れ違い、追い抜いて行く……。

兵庫は、警戒しながら虎松と共に進んだ。

水戸街道沿いの田畑では、百姓たちが穫《と》り入れに忙しく働いていた。

た。

兵庫と虎松は、谷中村と米田村を抜けて小泉村に差し掛かった。

刺客を始めとした不審な者が、追って来たり潜んでいる気配は感じられなかった。

兵庫と虎松は小泉村に入った。

男の悲鳴と笑い声があがった。

兵庫と虎松は立ち止まり、男の悲鳴と笑い声の出所を探した。

男の悲鳴と笑い声は、林の奥に見えるお堂から聞こえていた。

「父上……」

虎松は、戸惑った面持ちで兵庫の顔を見上げた。

「うむ……」

兵庫は、林の奥のお堂を窺った。

お堂の前では、人相の悪い男たちが下帯一本の若い男を笑いながら甚振《いたぶ》っていた。

「か、貸元《かしもと》、着物迄毟《むし》り取ったんだ。もう勘弁してくれ」

下帯一本の若い男は、博奕打《ばくち》ちの貸元に土下座して必死に頼んだ。

「若旦那、幾ら庄屋《しょうや》さんの倅《せがれ》でも、博奕の借金は借金、耳を揃《そろ》えて返して貰いますぜ」

「で、でも、さっきから云っているように金はもうないんだよ」

「だから、屋敷から持ってきなと云ってんだ」

貸元は、若旦那の髷《まげ》を摑んで顔を上げさせて凄《すご》んだ。

「そ、そんな。貸元、勘弁して……」

「煩《うる》せえ」

貸元は、下帯一本の若旦那を蹴飛ばした。

若旦那は、悲鳴をあげて倒れた。

博奕打ちたちは笑い、若旦那を蹴飛ばして甚振った。

若旦那は悲鳴をあげ、頭を抱えて無様に転げ廻った。

馬鹿な若旦那と博奕打ちの揉《も》め事《ごと》……。

兵庫は苦笑した。

「行くぞ、虎……」

兵庫は虎松を促した。

「父上……」

「虎、あれは馬鹿な若旦那と博奕打ちと申す無法者が金の事で揉めていてな。我らとは拘《かか》わりのない事だ」

兵庫は虎松に教えた。

「拘わりのない事……」

「うむ。さあ、行くぞ……」

「うん……」

兵庫と虎松は、お堂の脇を通り過ぎようとした。

若旦那が、兵庫と虎松の前に土埃《つちぼこり》をあげて転がり込んだ。

兵庫と虎松は立ち止まった。

「お、お侍さま、お助け、お助けを……」

若旦那は、汚れた顔と身体で兵庫に這《は》い寄った。

人相の悪い博奕打ちたちが駆け寄って来た。

兵庫は、虎松を背後に廻して博奕打ちたちに対した。

「お侍さん、邪魔をしないでおくんなさい」

博奕打ちの貸元は、兵庫に凄んでみせた。

「邪魔なのは、こうして我らの道中を止めるその方共だ……」

兵庫は嘲笑《あざわら》った。

「何だと……」

貸元たち博奕打ちは熱《いき》り立《た》ち、匕首《あいくち》や長脇差を抜いて兵庫と虎松を取り囲んだ。

「退《ど》け……」

兵庫は、苛立ちを覚えた。

裏柳生の刺客に追われての道中は、兵庫に言い知れぬ不満と疲れを溜《た》めさせていた。

「退けと申しているのだ……」

兵庫は、立《た》ち塞《ふさ》がっている博奕打ちを睨み付けて踏み出した。

博奕打ちたちは後退りしたが、退きはしなかった。

「それ程、死にたいか……」

兵庫は冷たく笑った。

「野郎……」

博奕打ちたちは怒声をあげ、長脇差や匕首を翳して兵庫に殺到した。

兵庫は、胴田貫を一閃した。

長脇差を握り締めた博奕打ちの腕が、血煙を噴き上げて空に飛んだ。

博奕打ちたちは、恐怖に凍て付いた。

腕を斬り飛ばされた博奕打ちは、獣のような呻き声をあげてのたうち廻った。

「次は命を貰う……」

兵庫は、恐怖に凍て付いている博奕打ちたちに楽しげに笑い掛けた。

「父上……」

虎松は叫んだ。

兵庫は、思わず虎松を振り返った。

虎松は、今にも泣き出しそうな顔で兵庫を見つめていた。

兵庫は戸惑い、我に返った。

貸元は逃げた。

博奕打ちたちは慌てて続いた。そして、下帯一本の若旦那も逃げようとした。

「待て……」

兵庫は、胴田貫に拭いを掛けて鞘に納めながら若旦那を止めた。

「お助けを、命ばかりはお助けを……」

若旦那は、震えながら兵庫に手を合わせた。

「早く手当てをすれば、命は助かるかもしれぬ。連れて行け……」

兵庫は、腕を斬り飛ばされて意識を失っている博奕打ちを示した。

「へ、へい……」

若旦那は戸惑った。

兵庫は、若旦那に後ろを向かせて意識を失っている博奕打ちを背負わせた。

「さあ、早く医者に連れて行け……」

「へい……」

若旦那は、博奕打ちを背負ってよたよたと駆け去った。

「父上……」

「行くぞ、虎……」

兵庫は微笑んだ。

「うん……」

虎松は笑い、兵庫の手を握った。

小さな柔らかい手は、切り傷や擦り傷だらけだった。

兵庫は、虎松の小さな手を握り締めた。

虎松は握り返した。

兵庫と虎松は、水戸街道を取手宿に向かった。

昼が近付いた。

小泉村を出た兵庫と虎松は、吉田村と取手新田村を抜けて取手宿に近付いた。

虎松の腹の虫が鳴いた。

「腹が減ったか、虎……」

「うん……」

「よし。昼飯にするか……」

兵庫は、街道の松並木の日陰に入って腰を下ろした。

虎松は、兵庫の隣に座った。

目の前には、穫り入れの終わった田畑が広がっていた。

兵庫は、腰に結び付けていた風呂敷包みを解き、藤代宿の飯屋で作って貰った握り飯を出した。

「さあ。食べるが良い……」

「うん……」

虎松は、握り飯を頬張って噎《む》せ返った。

「喉を詰まらすなよ」

兵庫は苦笑し、水の入った竹筒を虎松に渡した。

「うん……」

虎松は、水を飲んで頷いた。

兵庫は、握り飯を食べた。

風は静かに吹き抜け、水戸街道には旅人が行き交った。

兵庫と虎松は、握り飯を食べ終えた。

兵庫は、背後に何者かの視線を感じた。

誰かが見ている……。

誰だ……。

兵庫は、それとなく背後を振り返った。

水戸街道には様々な旅人が行き交っていた。

兵庫は、行き交う旅人に視線の主を捜した。だが、旅人は先を急ぐ者ばかりで、視線の主と思われる者はいなかった。何者かが、兵庫と虎松を見張っているのは間違いないのだ。

裏柳生の新たな刺客……。

兵庫は視線の主を捜し、その正体を割り出そうとした。

こっちが動かなければ、見張っている者も動かない……。

兵庫は出立する事にした。

「さあて、行くぞ……」

兵庫は、虎松に声を掛けて立ち上がった。


取手宿は賑わっていた。

兵庫と虎松は、賑わっている取手宿に着いた。

見張っている者の視線は、消える事なく続いていた。

兵庫と虎松は、賑わう取手宿を立ち止まる事もなく一気に抜けた。

視線は途切れた。

見張っていた者は、おそらく取手宿にいる仲間と繫ぎを取る為、兵庫と虎松から視線を外したのだ。

仲間と一緒に追って来る……。

兵庫は睨んだ。

「虎……」

兵庫は、虎松を連れて宿場外れのお堂の中に潜んだ。

「父上……」

虎松は戸惑った。

「虎、どうやら新手の刺客が現われたようだ。そいつをこれから見定める」

兵庫は、虎松に言い聞かせた。

「うん……」

虎松は、緊張した面持ちで頷いた。

兵庫は、お堂の扉から水戸街道を窺った。

おそらく見張っていた者は、仲間を連れて追って来る筈だ。

兵庫は、水戸街道を見張った。

旅人が行き交い、僅かな時が過ぎた。

塗笠を被《かぶ》った旅の武士たちが、取手宿から足早にやって来た。

奴らだ……。

兵庫は、塗笠を被った武士たちが裏柳生の新たな刺客だと睨んだ。

塗笠を被った武士たちは、水戸街道の先を見据えながらお堂の前を足早に通り過ぎて行った。

「虎、おそらく今の奴らが裏柳生の新手だ」

「うん……」

虎松は、喉を鳴らして頷いた。

「よし。後を取る……」

兵庫は、塗笠の武士たちの後を追う事に決め、虎松を連れてお堂を出た。


塗笠の武士たちは水戸街道を急いだ。

兵庫と虎松は、充分な距離を取って続いた。

塗笠の武士たちは、注意を前方にだけ向けて大鹿新田村《おおしかしんでんむら》を抜けた。

その先には利根川《とねがわ》がある。

利根川に橋はなく、渡し船が旅人を運んでいる。

塗笠の武士たちは、渡し場で兵庫と虎松が渡し船に乗っていないのを知る。そして、自分たちの先に兵庫と虎松がいないと気が付き、来た道を捜しに戻る。

兵庫は読んだ。

来た道に兵庫と虎松を捜す塗笠の武士たちを遣《や》り過《す》ごし、先に利根川を渡ってしまいたい。

混乱させ、力を分散させる為にも……。

兵庫は、その手立てを考えた。

利根川は滔々《とうとう》と流れていた。

塗笠の武士たちは、船着場の者に兵庫と虎松の人相風体を告げ、渡し船に乗ったかどうか尋ねた。

船着場の者は首を捻《ひね》り、兵庫と虎松らしき武士と子供は渡し船に乗っていないと告げた。

塗笠の武士たちは戸惑った。

兵庫と虎松を追い抜いたのか……。

或《ある》いは、渡し船以外の手立てで利根川を渡ったのか……。

裏柳生刺客四之組小頭《こがしら》の善鬼《ぜんき》は、思いを巡らせた。

「小頭……」

塗笠の武士の一人が焦りを浮かべた。

「よし……」

善鬼は、二人の配下を船着場に残し、三人の配下を従えて来た道に兵庫と虎松を捜しに戻った。

兵庫と虎松は、街道脇の木陰に潜んで裏柳生の刺客たちの動きを見守った。

刺客たちは二人が残り、四人が来た道を戻って行った。

「父上……」

「うむ。残った二人を斃し、利根川を渡る」

「うん……」

兵庫は、虎松を連れて利根川の河原に降り、水辺伝いに船着場に向かった。

船着場に残った二人の塗笠の武士は、下流の河原を来る兵庫と虎松に気付いた。

兵庫と虎松は、身を晒して船着場にやって来る。

「黒木兵庫と虎松……」

「まさしく……」

二人の塗笠の武士は、兵庫と虎松に向かって走った。

兵庫は、虎松を連れて船着場の見えなくなる処迄《ところ》後退した。

二人の塗笠の武士は、水飛沫を蹴立《けた》てて河原を駆け寄って来た。

「此処を動くな……」

兵庫は、虎松を土手の茂みに残して河原に戻った。そして、駆け寄って来る二人の塗笠の武士の前の水辺に佇《たたず》んだ。

二人の塗笠の武士は、走りながら刀を抜いて猛然と兵庫に迫った。

兵庫は、二人の塗笠の武士が見切りの内に踏み込むのを待った。

二人の塗笠の武士は、見切りの内に踏み込んで刀を翳した。

刹那、兵庫は水辺の石を足で撥《は》ね上げた。

石は水飛沫をあげて飛んだ。

二人の塗笠の武士は、咄嗟に石を躱して体勢を崩した。

兵庫は、鋭く踏み込みながら胴田貫を抜き打ちに一閃し、煌めかせた。

塗笠の武士の一人が腹を横薙《よこな》ぎに斬られ、残る一人は袈裟懸《けさが》けの一刀を浴び、水辺に倒れた。

血が利根川の流れに広がった。

兵庫は、二人の塗笠の武士の死を見定めて胴田貫に拭いを掛けた。そして、二人の塗笠の武士の死体を利根川の流れに押しやった。

利根川の流れは、二人の塗笠の武士の死体を飲み込んだ。

残る四人の塗笠の武士が、二人の仲間の行方に気付くのにはかなりの時が掛かる筈だ。

その間に出来るだけ進み、裏柳生の刺客を引き離す……。

兵庫は、虎松のいる処に戻った。


旅人を乗せた渡し船は、利根川を横切って青山村《あおやまむら》の渡し場に着いた。

渡し船を降りる旅人の中には、兵庫と虎松がいた。

「さあ、行くぞ……」

兵庫は、虎松を連れて船着場から水戸街道にあがった。

そこは下総国だった。

取手宿から一里九丁、下総国我孫子宿が近付いた。

「もう直、下総の我孫子だ……」

兵庫は、虎松に教えた。

「我孫子……」

「うむ。江戸は近い……」

兵庫は微笑んだ。

「うん……」

虎松は、嬉しげに頷いた。

兵庫と虎松は、水戸街道を進んだ。

第三章　刺客街道

一

我孫子宿は利根川と手賀沼《てがぬま》の間にあり、宿場としては勿論《もちろん》、川魚漁や舟を使った荷運びも盛んだった。

陽《ひ》は西に傾いていた。

我孫子宿の旅籠《はたご》『松《まつ》しまや』は、番頭や女中が早々と客引きをしていた。

「如何《いかが》でございますか、お侍さま。次に旅籠のある小金宿迄《まで》は二里半以上もございますが……」

番頭が、兵庫に声を掛けて来た。

「うむ。先を急ぐでな……」

兵庫は断った。

「そうですか、お子さまも随分お疲れのようですよ。ねえ……」

番頭は、虎松に親しげに笑い掛けた。

「疲れてない……」

虎松は、怒ったように云《い》い放った。

「聞いての通りだ」

兵庫は番頭を一瞥《いちべつ》し、虎松と共に旅籠『松しまや』を通り過ぎた。

虎松は、番頭の云う通り疲れていた。

「虎、一休みするか……」

「ううん……」

虎松は、怒ったように首を横に振った。

「虎、出来るだけ新手の刺客を引き離しておきたくてな」

兵庫は、旅籠に泊まらない理由を教えた。

「うん……」

虎松は頷《うなず》いた。

幼いながらも自分と兵庫の置かれた立場を心得ている。

兵庫は、感心すると共に哀れみを覚えずにはいられなかった。

「お侍さん、小金宿迄の戻り駕籠《かご》ですが、如何ですかい……」

駕籠舁《かき》が、空駕籠を担いで兵庫と虎松を追って来た。

「小金宿迄か……」

「へい。小金宿まで二里二十一丁。このままじゃあ夜になっちまいますぜ」

駕籠舁は眉をひそめた。

「うむ。どうだ虎、駕籠に乗るか……」

「父上……」

虎松は、遠慮がちに兵庫を見上げた。

「遠慮は無用だぞ」

兵庫は笑い掛けた。

「じゃあ、乗る……」

虎松は、嬉《うれ》しげに頷いた。

「よし。じゃあ駕籠屋、この子を小金宿迄乗せてくれ」

「合点だ」

駕籠舁は駕籠を下ろした。

「さあ……」

兵庫は虎松を促した。

虎松は、草鞋《わらじ》を脱いで駕籠に乗った。

「じゃあお侍さん、行きますぜ」

「うむ。やってくれ」

駕籠舁は息を合わせ、虎松の乗った駕籠を担いで歩き始めた。

兵庫は駕籠脇に付いた。

虎松を乗せた駕籠と兵庫は、我孫子宿を後にして水戸街道を小金宿に向かった。

兵庫は、水戸街道に裏柳生の刺客の気配を探った。だが、水戸街道に不審な気配はなかった。

兵庫と虎松を乗せた駕籠は、水戸街道沿いの幾つかの村を通り過ぎた。

手賀沼の輝きが眩《まぶ》しく見えた。

「虎、見えるか、手賀沼だ……」

兵庫は虎松に教えた。

虎松の返事はなかった。

「虎……」

兵庫は戸惑った。

虎松は、駕籠の揺れに包まれて眠っていた。

兵庫は苦笑した。

水戸街道は夕陽に染まり始めた。

兵庫と虎松を乗せた駕籠は、水戸街道を小金宿に急いだ。

柏村《かしわむら》は夕陽に染まった。

小金宿迄は、あと新木戸村《しんきどむら》と向小金村《むかいこがねむら》を通り抜けなければならない。

兵庫は、虎松の乗る駕籠と共に進んだ。

虎松は、駕籠の中で眠り続けていた。

「お侍さん、あと半刻（約一時間）もすりゃあ夜。ぎりぎりで小金宿ですぜ」

駕籠舁は笑った。

「そうか……」

小金宿に着けば、残るは松戸、新宿、千住の宿場と続き、隅田川に架かる千住大橋を渡ると江戸になる。

今日が無事に終われば、明日一日で江戸に到着する。

残り僅《わず》かだ……。
兵庫は、微《かす》かな安堵《あんど》を覚えた。
旅人は既に宿を取り、夕暮れの水戸街道に人影は少なかった。
尺八《しやくはち》の音が不意に響き渡った。
裏柳生の刺客……。
兵庫の勘が叫んだ。
虚無僧《こむそう》たちが現われ、兵庫と虎松を乗せた駕籠を取り囲んだ。
「お侍さん……」
駕籠舁は、恐怖に震え上がった。
「続け……」
兵庫は、駕籠舁に命じて走り出した。
「へ、へい……」
駕籠舁は、虎松を乗せた駕籠を担いで兵庫に続いて走った。
前方の虚無僧を倒し、虎松を乗せた駕籠を逃がす……。
兵庫は、前方に立ち塞《ふさ》がる虚無僧に抜き打ちの一刀を鋭く放った。
虚無僧は、兵庫の一刀を躱《かわ》した。

兵庫と虎松を乗せた駕籠は、虚無僧たちの囲みを破って駆け抜けた。

躱した虚無僧は、慌てて兵庫に追い縋《すが》った。

兵庫は、振り向き態《ざま》に追い縋る虚無僧を袈裟《けさ》懸《が》けに斬り棄《す》てた。

虚無僧たちは怯《ひる》んだ。

「先に行け……」

兵庫は、駕籠舁に命じた。

「へ、へい……」

駕籠舁は頷いた。

「父上……」

虎松が、眼を覚まして叫んだ。

「虎、小金宿に先に行っていろ。行け……」

駕籠舁は、虎松を乗せた駕籠を担いで小金宿に向かって走った。

兵庫は、水戸街道に立ちはだかって虚無僧たちを迎えた。

「裏柳生の刺客か……」

「刺客三之組、双竜配下、鬼若……」

虚無僧は、天蓋《てんがい》を取って名乗った。

鬼若は、三之組の頭の双竜に命じられて宇都宮道の木颪《きおろし》宿に行っていた。だが、双竜が斃《たお》されたと知って水戸街道に戻り、兵庫と虎松を追って来ていた。

虚無僧の一人が、虎松の乗った駕籠を追い掛けた。

兵庫は、追った虚無僧に駆け寄り、激しく斬り棄てた。

鬼若たち虚無僧は、刀を翳《かざ》して兵庫に殺到した。

兵庫は、胴田貫を鋭く煌《きら》めかせた。

砂利が跳び、草が千切れ、血潮が舞った。

虎松を乗せた駕籠は、夕暮れ時の薄暗い水戸街道を走った。

「止めろ」

虎松は叫んだ。

駕籠舁は、駕籠を地面に下ろして激しく息を鳴らした。

虎松は、草鞋を履いて駕籠を降り、薄暗い来た道に眼を凝《こ》らした。

駆け寄って来る人影はなかった。

「父上……」

虎松は、心配げに呟《つぶや》いた。

「坊、小金宿はすぐそこだ。父上の云ったように小金宿で待つんだな」

「ああ。さあ、駕籠に乗りな……」

駕籠舁は、虎松を気の毒そうに見つめて駕籠に乗るように促した。

次の瞬間、駕籠舁たちが血を振り撒《ま》いて倒れた。

虎松は驚いた。

倒れた駕籠舁の背後には、塗笠を被《かぶ》った裏柳生刺客四之組の小頭善鬼が佇《たたず》んでいた。

善鬼は、利根川の手前で来た道を戻ったが罠《わな》だと気付き、慌てて駆け戻った。

だが、配下たちは遅れ、善鬼一人になった。

善鬼は構わず追った。そして、兵庫が刺客三之組の鬼若たちと斬り結んでいるのを横目に虎松を追って来たのだ。

「水戸徳川家の虎松だな……」

善鬼は、押し殺した声で虎松に念を押した。

虎松は、思わず頷いた。

「お命頂戴致す……」

善鬼は残忍な笑みを浮かべ、虎松の胸元を摑《つか》んで刃を翳した。

虎松は、泣きもせずに善鬼を睨《にら》み付けた。

善鬼は、思わず怯んだ。そして、己を奮い立たせるように叫んだ。

「御免……」

刹那、鈍い音が善鬼の背中で鳴った。善鬼は、呆然《ぼうぜん》とした面持ちで背後を振り向いた。

打根《うちね》が、善鬼の背中に深々と突き刺さって矢羽根《やばね》を小刻みに震わせていた。

打根とは、長さが一尺（約三十センチ）から二尺であり、槍《やり》のような穂先《ほさき》を付けた手で投げる矢だ。

虎松は、驚いて眼を瞠《みは》った。

「おのれ、誰だ……」

善鬼は、苦しげに身構えた。

刹那、薄暗さから現われた人影が、善鬼を袈裟懸けに斬った。

善鬼は、相手の顔を見て激しく驚いた。

「か、花竜……」

善鬼を斬った人影は、裏柳生刺客三之組のおはること花竜だった。

次の瞬間、花竜は善鬼の喉を刎《は》ね斬った。

善鬼は、喉を笛のように鳴らして斃れた。

花竜は、立ち竦《すく》んでいる虎松に近付いた。

「おはる姉ちゃん……」

虎松は、戸惑いと恐怖に包まれた。

「虎松、一緒に来い」

花竜は、厳しい面持ちで虎松の腕を摑んだ。

虎松は、振り放そうとした。

花竜は、いきなり虎松の頰を平手打ちにした。

虎松は、思わず倒れそうになった。

花竜は、虎松の腕を引いた。

虎松は倒れず、辛《かろ》うじて踏み止《とど》まった。

「大人しく云う事を聞け……」

花竜は、虎松を睨み付けた。

虎松は項垂《うなだ》れた。

水戸街道は夜の闇に包まれた。

兵庫は、夜の水戸街道を走った。

裏柳生刺客三之組の虚無僧たちは、小頭の鬼若を除いて斬り斃した。

虎松は無事に逃げ切ったか……。

兵庫は、一刻も早く虎松の許《もと》に行きたかった。だが、鬼若は夜の闇に紛れて兵庫を鋭く攻撃し続けた。

兵庫は焦った。

鬼若は、闇の奥から手裏剣を放った。

兵庫は、飛来する手裏剣を必死に躱した。

手裏剣の一本が、兵庫の左肩に突き刺さった。

兵庫は、思わず蹲《うずくま》った。

「貰った」

鬼若は地を蹴って跳び、刀を翳して蹲った兵庫に襲い掛かった。

刹那、兵庫は身を捩《よじ》り、胴田貫を右腕一本で突き出した。

兵庫の胴田貫は、襲い掛かった鬼若の腹に鋭く突き刺さった。

一瞬の出来事だった。

鬼若は困惑し、呆然とした面持ちで兵庫を見つめた。

兵庫は、鬼若の腹に突き刺さった胴田貫を必死に突き上げた。

胴田貫は鬼若の腹を貫いた。

鬼若の五体から力が抜け、胴田貫に身体の重さが掛かった。

それは、鬼若の死を報《しら》せた。

兵庫は、鬼若の身体の下から転がり出た。

鬼若は突っ伏した。

兵庫は、左肩から手裏剣を抜き棄てて傷を検《あらた》めた。

幸いな事に傷は深くはなかった。

兵庫は、鬼若の死体に足を掛け、腹を貫いている胴田貫を引き抜いた。そして、鬼若の着物で刃に付いている血を拭い取った。

虎松の許に行かなくては……。

兵庫は、夜の水戸街道を小金宿に向かって急いだ。

囲炉裏《いろり》の火は燃え上がった。

花竜は、虎松を小金宿外れの荒れ寺の庫裏《くり》に連れ込んだ。そして、虎松を柱に縛り付けて囲炉裏に火を熾《おこ》した。

虎松は、恐ろしさに震えて花竜を見つめた。

「花竜……」

男の嗄《しわが》れ声が、不気味に響いた。

花竜は、咄嗟《とっさ》に刀を握って身構えた。

忍び装束の中年男が、庫裏の暗がりに浮かびあがった。

「道悦《どうえつ》さま……」

花竜は、怯えを過《よぎ》らせた。

忍び装束の中年男は、裏柳生刺客四之組頭の柘植《つげ》の道悦だった。

「花竜、儂《わし》の配下の善鬼を殺し、何故に虎松を助けた」

「道悦さま。虎松はいつでも殺せます。ですが、私はその前に虎松を餌にして黒木兵庫を誘《おび》き出し、斃したい……」

花竜は訴えた。

「黒木兵庫を斃すだと……」

道悦は眉をひそめた。

「はい。三之組頭の双竜さまの仇《かたき》を、恨みを晴らしたいのです」

「黒木兵庫を斃し、恨みを晴らすか……」

道悦は苦笑した。

「はい。黒木兵庫は恐るべき手練《てだ》れ、その手足を縛るのは、虎松の命だけなのです」

「小童《こわっぱ》、殺しては役に立たぬか……」

道悦は、虎松を冷酷に一瞥した。

「はい。虎松を殺してしまっては、黒木兵庫を縛る物はなく、我らに犠牲者が増えるだけにございます」

花竜は、道悦を見据えて告げた。

「しかし、花竜。我ら裏柳生刺客が幻也斎さまから与えられた使命は、その小童を早々に始末する事だ。黒木兵庫を斃す事ではない」

「ですが、道悦さま……」

「それに今直《す》ぐ、小童を始末すれば我らの使命は終わり、黒木兵庫とは最早《もはや》闘う必要はあるまい」

「道悦さま、それは我らの道理です。黒木兵庫、小童を始末されて役目に失敗した時、果たして大人しく黙っているか……」

「黙ってはいないか……」

「おそらく……」

花竜は、道悦を見据えて頷いた。

「よし、花竜。その方、小童から眼を離すな」

「ならば……」

花竜は身を乗り出した。

「うむ。我ら裏柳生刺客四之組が黒木兵庫を誘き出そう……」

「はい……」

花竜は、妖しく眼を輝かせた。


小金宿には、微かな緊張が漂っていた。

兵庫は、虎松を乗せて逃げた駕籠屋を捜す為、宿場役人の許を訪れた。

「お子を乗せた駕籠屋ですか……」

宿場役人は眉をひそめた。

「左様。五歳の武家の男の子を乗せた駕籠屋だが、知らぬか……」

「お武家さま、実は宿場外れで駕籠舁が二人、何者かに斬り殺されまして……」

「なに……」

兵庫は、己の血の気が引くのに気付いた。

「それで今、郡代屋敷の方々が下手人を捜しておりまして……」

「そこに、そこに男の子はいなかったか……」

兵庫は焦った。

「はい。おりませんでしたが……」

宿場役人は困惑した。

「いなかった……」

虎松は、裏柳生の刺客に連れ去られた……。

兵庫の勘が囁《ささや》いた。

駕籠舁たちを斬り棄てたのは、おそらく裏柳生の刺客だ。そして、裏柳生の刺客は、何故か虎松を連れ去った。

兵庫は読んだ。

しかし、裏柳生の刺客の使命は、虎松を闇討ちする事だ。

その虎松をその場で殺さず、連れ去った。

何故だ……。

兵庫は、その理由を探した。だが、虎松が生きているのなら、一刻も早く捜し出さなければならない。
兵庫は、駕籠舁の死体が見つかった場所を聞き、水戸街道を戻ろうとした。
夜の闇が揺れた。
兵庫は、咄嗟に物陰に隠れた。
数本の弩《いしゅみ》の短い矢が闇を揺らして飛来し、兵庫がいた処に突き刺さった。
裏柳生の刺客……。
兵庫は、夜の闇を見据えた。

二

小金宿は旅人も途絶え、寝静まっていた。
兵庫は、物陰に潜んで夜の闇を透かし見た。
夜の闇に人の姿は見えないが、忍んでいる者の気配は微かに窺《うかが》えた。
下手に動けば、弩の矢の餌食《えじき》になる。
斬り込む事が出来ぬまま時は過ぎた。
埒《らち》が明かない……。
兵庫は、意を決して物陰から傍らの路地に走った。

弩の矢が兵庫を追って飛来し、次々と家の壁に突き立った。
兵庫は、辛うじて路地に逃げ込み、忍んでいる刺客たちの背後を取ろうとした。
兵庫は、小金宿の裏路地を走った。
裏柳生の刺客たちは、闇を揺らして兵庫を追った。
兵庫は、物陰に潜んで追って来る裏柳生の刺客たちを見定めようとした。
裏路地に二人、家並みの屋根に二人……。
兵庫は、忍び装束の男たちを見定めた。
新たな刺客は忍びの者……。
兵庫は、己の気配を消して刺客たちを見守った。
刺客たちは兵庫を探した。
兵庫は、気配を消して身を潜め続けた。
今は刺客の後を取り、虎松のいる処に案内させるのが上策なのだ。
刺客たちは、兵庫を捜し出すのを諦《あきら》めて宿場外れに向かった。
兵庫は追った。

蒼白《あおじろ》い月は田舎道を照らしていた。

忍び装束の刺客たちは、宿場を出て田舎道を進んだ。

兵庫は慎重に追った。

刺客たちは、背後を気にする事もなく田舎道を進んだ。

兵庫は、何故か微かな戸惑いを覚えた。

余りにも警戒心がなさ過ぎる……。

兵庫の戸惑いは募《つの》った。

刺客たちは、田舎道から雑木林に入った。

誘っている……。

兵庫の勘が囁いた。

刺客たちは、兵庫が尾行《つけ》ているのに気付いていながら、知らぬ振りをしている。そして、何処《どこ》かに誘おうとしている。

兵庫は、刺客たちの腹の内を読んだ。

誘う狙いは私の命……。

兵庫は緊張した。

刺客たちは、雑木林を進んだ。

兵庫は追った。

たとえ罠であっても、虎松の消息を知る為には追うしかない。

兵庫は覚悟を決めた。

雑木林には虫の音が満ちていた。

刺客たちは、尚《なお》も雑木林を進んだ。

同じ処を廻《まわ》っている……。

兵庫は、刺客たちが雑木林の同じ処を廻っているのに気付いた。

蒼白い月は雲に翳り、虫の音が消えた。

仕掛けて来る……。

兵庫は、咄嗟に木立の陰に隠れた。

弩の短い矢が、四方から闇を切り裂いて飛来し、兵庫の隠れた木立に突き刺さって矢羽根を震わせた。

取り囲まれている……。

兵庫は、近くの茂みに飛び込んだ。

忍び装束の刺客たちが現われ、兵庫が潜んだ茂みに弩の矢を射込み、手裏剣を投げ込んだ。

蒼白い月が雑木林を照らした。

刹那、茂みの端から兵庫が飛び出した。

刺客たちは狼狽《ろうばい》した。

兵庫は、猛然と刺客たちに襲い掛かって胴田貫を閃《ひらめ》かせた。

二人の刺客が倒れた。

兵庫は、他の刺客たちにも斬り掛かった。

刺客たちは後退した。

弩や手裏剣を使わせてはならない……。兵庫は、飛び道具を使わせないように刺客の懐に入り、間合いを取らせなかった。

刺客たちは、忍び刀を抜いて兵庫と斬り結ぼうとした。

兵庫は、胴田貫を閃かせて刺客たちの間を駆け抜けた。

また二人の刺客が倒された。

残る刺客たちは、駆け抜けた兵庫を迎え撃とうとした。だが、兵庫はそのまま闇の奥に駆け去った。

「おのれ……」

刺客たちは、追い掛けようとした。

「待て……」

裏柳生刺客四之組の頭・柘植の道悦が闇から現われた。

「道悦さま……」

刺客たちは片膝を突いた。

「黒木兵庫、花竜の申す通りの手練れ。放って置けば、どのような仇をなすか……」

道悦は、兵庫の消えた闇を見据えた。

「では……」

「うむ。急ぎ一帯に結界を張り、黒木兵庫を閉じ込めろ……」

道悦は命じた。

「心得ました……」

刺客たちは四方に散った。

「黒木兵庫、必ず斃してくれる……」

道悦は嘲笑を浮かべた。

雑木林に虫の音が満ちた。

虎松は雑木林の何処かにいる……。

兵庫は、蒼白い月明かりを浴びて雑木林に佇んだ。

雑木林に満ちていた虫の音が消えた。

兵庫は、岩場に身を隠した。

忍び姿の刺客たちが、黒い影となって木々の間を行き交った。

雑木林に忍びの結界が張られた。

闇の中での闘いは、忍びの者たちに分《ぶ》がある。

夜が明けるのを待つ……。

兵庫は腹を決め、胴田貫を抜いて刀身を月明かりに翳した。

刀身は血に汚れていた。

兵庫は、刀身の血を拭って刃を月明かりに透かし見た。

胴田貫に刃毀《はこぼ》れはなく、月明かりに蒼白く輝いた。

何人も斬ってきたのに、胴田貫には刃毀れの一つもない。

恐ろしい程の業物《わざもの》だ……。

兵庫は、水戸藩御納戸方刀番として、代々の藩主が収蔵して来た刀剣の保管と手入れをして来たが、これ程の業物を見た覚えはなかった。しかし、無名の刀工が鍛《きた》えた胴田貫は、只《ただ》の名もない胴田貫でしかなかった。
兵庫は、胴田貫の刀身に竹筒の水を伝わせ、手拭で血曇りを擦《こす》り取った。
砥石《といし》があれば研《と》ぎを掛けるのだが……。
兵庫は、胴田貫の刀身の水気を綺麗に拭って打粉《うちこ》を打った。
胴田貫の刀身は、以前にも増して月明かりに蒼白く輝いた。
兵庫は、手入れを終えた胴田貫を鞘《さや》に納めた。
雑木林には、いつの間にか虫の音が溢《あふ》れていた。
兵庫は、胴田貫を抱えて束《つか》の間《ま》の眠りを取る事にした。
虫の音が溢れている限り、殺気を放つ者が近付いてはいない。
兵庫は眼を瞑《つぶ》った。

囲炉裏の炎は揺れた。
花竜は薪《たきぎ》を焼《く》べた。
炎は、火の粉を散らして薪を包んだ。
虎松は、柱に寄り掛かって眠っていた。
幼すぎるのか、それとも大名の子だけあって度胸が据わっているのか……。

何《いず》れにしろ虎松は、あどけない顔をして眠っている。

花竜は、五歳の頃の自分を思い出した。

二親と死に別れた花竜は、親類の叔母に売られて薬売りの弥平こと双竜に引き取られた。

弥平は、花竜を育てながら様々な事を教え込んだ。

薬売りの仕事は無論、人の殺し方や男と寝る事も……。

弥平こと双竜は、花竜にとって育ての親であり、仕事の師匠であり、初めての男だった。

囲炉裏に焼べられた薪が、炎に包まれて音を立てて爆《は》ぜた。

火花が飛び散った。


夜が明けた。

兵庫は、雑木林の中の岩場で眠りから目覚めた。

眠りは僅かな時だったが深く、五体には力と闘志が蘇《よみがえ》っていた。

手裏剣を打ち込まれた左肩の傷は、微かな痛みを感じさせていたが、斬り合うのに不都合はない。

兵庫は周囲を窺った。

雑木林には朝靄《あさもや》が漂い、小鳥の囀《さえず》りが響いていた。そして、水の流れる音が微かに聞こえた。

兵庫は岩場から出た。そして、水の流れる音に向かって進んだ。

鳥の甲高い鳴き声が響いた。

それは、裏柳生の忍び刺客たちの合図に違いない。

見つかるのは覚悟の上……。

兵庫は、構わず水の流れる音に進んだ。

緩やかな坂の下に小さな流れがあった。

兵庫は坂を下り、小さな水の流れの傍に跪《ひざまず》いて顔を洗い、口を濯《すす》いだ。

裏柳生の忍び刺客は、既に兵庫の動きを摑んで見張っている筈《はず》だ。

兵庫は、口を濯ぎながら油断なく背後を窺った。

背後に殺気が漂った。

来た……。

兵庫は、素早く振り返った。

忍び刺客は背後にいなかった。

兵庫は、坂の上を見上げた。
忍び刺客の姿は、緩やかな坂の上にも見えなかった。
だが、微かな殺気は漂い続けている。
兵庫は、緩やかな坂をあがった。
刹那、坂の上に忍び刺客たちが現われ、坂をあがる兵庫に次々と手裏剣を放った。
兵庫は、背後に飛び退《の》いて手裏剣を躱した。
忍び刺客が、地中から落葉を跳ね上げて宙に跳び、兵庫に千鳥鉄《ちどりがね》を振り下ろした。
千鳥鉄の先から仕込まれた分銅の付いた鎖が伸び、兵庫に唸《うな》りをあげて襲い掛かった。
兵庫は、咄嗟に胴田貫を鞘ごと抜いて分銅の付いた鎖を受け止めた。
分銅の付いた鎖は、胴田貫の鞘に巻き付いた。
微かに感じた殺気の持ち主だった。
兵庫の胴田貫は、千鳥鉄の鎖に封じられた。
緩やかな坂の上にいた忍び刺客が、兵庫に向かって駆け降りて来た。

兵庫は、千鳥鉄の鎖を引いた。
忍び刺客は、鎖を引き戻した。
刹那、兵庫は胴田貫の鯉口《こいぐち》を切った。
鎖の巻き付いた鞘が抜け、忍び刺客は思わず背後によろめいた。
兵庫は、抜き身となった胴田貫を忍び刺客の首に一閃《いっせん》した。
忍び刺客は、首の血脈を刎ね斬られて血を振り撒いて倒れた。
兵庫は、鞘を素早く腰に戻して振り返った。
坂を駆け降りた忍び刺客たちは、微かに狼狽《うろた》えながら兵庫に斬り掛かった。
兵庫は、胴田貫を瞬かせた。
忍び刺客たちは、利き腕の筋や膝を斬られて次々に倒れた。
利き腕の筋や膝を斬られれば、如何《いか》に忍びの者でも満足に闘えはしない。
多勢に無勢……。
多くの敵と斬り合う時は、最少の力で闘わなければ疲れ、何れは斃される。
利き腕の筋を斬られた忍び刺客の一人が、緩やかな坂を駆け上って逃げた。
兵庫は追った。

雑木林には朝陽が斜めに差し込んでいた。
利き腕の筋を斬られた忍び刺客は逃げた。
逃げる先には虎松がいる……。
兵庫はそう願い、充分に距離を取って忍び刺客の後を追った。
草の葉に点々と滴《したた》り落ちている血が、忍び刺客の行き先を教えてくれた。
兵庫は、虎松がいるのを願いながら慎重に追った。
利き腕の筋を斬られた忍び刺客は、雑木林を駆け抜けた。
そこには荒れ寺があった。
利き腕の筋を斬られた忍び刺客は、荒れ寺の本堂に逃げ込んだ。
兵庫は見届けた。
この荒れ寺に虎松はいるのか……。
兵庫は、荒れ寺の様子を窺った。
荒れ寺は、静寂に包まれていた。
兵庫は、雑草に覆われた境内《けいだい》に踏み込んだ。
「水戸藩御納戸方刀番、黒木兵庫……」

野太い声が放たれた。

兵庫は身構えた。

柘植の道悦が、嘲笑を浮かべて本堂の階《きざはし》に現われた。

「裏柳生の刺客か……」

兵庫は問い質《ただ》した。

「如何にも。刺客四之組頭、柘植の道悦……」

道悦は名乗った。

「柘植の道悦……」

兵庫は、胴田貫を握り締め、道悦を見据えて踏み出そうとした。

「焦るな、黒木……」

道悦は、兵庫の機先を制した。

兵庫は、思わず立ち止まった。

「胴田貫を棄てて貰《もら》おう……」

「なに……」

兵庫は戸惑った。

「さもなければ、虎松の命はない……」

道悦は、本堂の横手の庫裏を示した。

花竜が、虎松を連れて庫裏から現われた。

「虎……」

兵庫は思わず叫んだ。

「父上……」

虎松は、花竜の手から逃れようともがきながら叫んだ。

虎松は無事だった。

兵庫は、微かな安堵を覚えた。

「黒木兵庫、胴田貫を棄てなければ虎松を殺す、早く棄てろ」

花竜は兵庫に怒鳴り、忍び刀を抜いて虎松に突き付けた。

「花竜……」

兵庫は苦笑した。

花竜は、微かな戸惑いを過らせた。

「私を討ち果たすのは刺客の使命に非《あら》ず。如何に私が胴田貫を棄てようが、虎松は殺される。違うか……」

兵庫は微笑《ほほえ》んだ。

花竜は、微笑む兵庫に狼狽えた。

「黙れ、黒木。早々に胴田貫を棄てろ」

「花竜、刺客の使命を果たすより、双竜を殺された恨みを晴らすを先にするか……」

兵庫は、微笑みに侮りを滲《にじ》ませた。

「おのれ、黒木兵庫……」

花竜は熱《いき》り立《た》った。

「花竜にとって双竜は育ての親であり、師であり、初めての男……」

道悦は苦笑した。

「初めての男……」

兵庫は眉をひそめた。

双竜と花竜は、祖父と孫娘ではなかった。

兵庫は、花竜が刺客の使命より、恨みを晴らす事を優先した理由を知った。

「哀れな……」

兵庫は、思わず洩《も》らした。

「黙れ……」

花竜は悲痛に叫び、虎松に忍び刀を突き刺そうとした。

刹那、道悦が苦無《くない》を放った。

苦無は、花竜の忍び刀を翳した腕に突き刺さった。

兵庫は戸惑った。

「道悦さま……」

花竜は忍び刀を落とし、困惑したように道悦を見つめた。

何本もの弩の短い矢が、花竜の上半身に唸《うな》りをあげて突き立った。

「な、何故……」

花竜は、道悦を哀しげに見つめた。

「花竜。所詮、そなたは刺客になりきれぬ女。子守りは終わった……」

道悦は、冷酷に笑った。

花竜は、無念さに顔を歪《ゆが》めて雑草の中に斃れた。

虎松は、立ち竦んでいた。

兵庫は、虎松に駆け寄ろうとした。

「動くな……」

道悦は一喝した。

兵庫は立ち止まった。

「動けば、虎松は花竜のように弩の矢で針鼠《はりねずみ》になる」

弩を構えた忍び刺客が、荒れ寺の屋根や崩れ掛けた土塀の上に現われた。弩に番《つが》えられた短い矢は、立ち竦んでいる虎松に向けられていた。

「道悦……」

「黒木兵庫。最早、お前に残された道は二つ。虎松の死を見届けるか、見届けないかだ……」

道悦は嘲りを浮かべた。

「おのれ……」

「黒木、胴田貫、胴田貫を渡して貰おう」

「胴田貫、欲しければ取りに来るが良い」

兵庫は、胴田貫を抜いて虎松の前の雑草の中に放った。

「父上……」

虎松は、悔しげに叫んだ。

忍び刺客が現われ、雑草の中の胴田貫を拾った。

刹那、兵庫は忍び刺客に飛び掛かり、胴田貫を奪い取って体を入れ替えた。

弩の矢が一斉に放たれた。
忍び刺客は、全身に弩の矢を受けて仰《の》け反《ぞ》った。
「虎、背中に乗れ……」
兵庫は叫んだ。
虎松は、兵庫の背に飛び乗って首にしがみついた。
兵庫は、針鼠になった忍び刺客を盾にして後退し、庫裏に飛び込んだ。
「追え……」
忍び刺客たちは、道悦の命を受けて追った。
兵庫は、針鼠になった忍び刺客を突き飛ばし、庫裏の奥に走った。
虎松は、小さな手で必死に兵庫にしがみついた。
兵庫は、破れ障子や襖《ふすま》を倒し、座敷の雨戸を蹴破って裏手に出た。
忍び刺客たちは追って来た。
兵庫は、虎松を負ぶって裏手の雑木林に走った。

三

兵庫は、虎松を負ぶって雑木林を駆け抜けた。

雑木林を出ると、そこは穫《と》り入れの終わった田畑だった。

田畑には小さな用水路が流れていた。

兵庫は、虎松を背から降ろし、追って来る忍び刺客に備えた。

「父上……」

虎松は、心配げに兵庫を見上げた。

忍び刺客が、追って来る気配はなかった。

「どうにか逃げ切ったようだ」

兵庫は見定めた。

「怪我《けが》はないか……」

兵庫は、虎松の身体を調べた。

「うん……」

虎松は、笑顔で頷いた。

「そうか……」

兵庫は吐息を洩らし、用水路の流れで手と顔を洗って水を飲んだ。

虎松は、兵庫に倣《なら》って水を飲んだ。

此処《ここ》は何処だ……。

兵庫は、周囲を見廻した。

周囲には田畑と雑木林があるだけだった。

兵庫は思いを巡らせた。

昨夜、兵庫は忍び刺客を追って水戸街道の小金宿から東に入った。となれば、西に進めば水戸街道に出る筈だ。

今はそれを信じて進むしかない……。

「虎、一休みしたら水戸街道に戻る」

「うん……」

四半刻（約三十分）後、兵庫と虎松は穫り入れの終わった田畑沿いを西に向かった。

陽は昇り、昼になった。

兵庫は、眩しげに見上げた。

既に半刻は歩いた。

「父上……」

虎松が、横手を指差した。

旅人と微かな土埃《つちぼこり》が、横手の彼方《かなた》に見えた。

「水戸街道だった。良く気が付いたな、虎。偉いぞ……」

兵庫は褒めた。

「うん……」

虎松は、褒められて嬉しげに頷いた。

「よし。行こう……」

兵庫は、虎松を連れて水戸街道に急いだ。

水戸街道には旅人が行き交っていた。

兵庫は、虎松を連れて水戸街道に戻った。そして、そこが松戸宿の手前の竹《たけ》ヶ花村《はなむら》だと知った。

竹ヶ花村から松戸宿迄は近い。

松戸を過ぎて江戸川を渡ると、一里二十四丁で新宿、一里半で千住だ。

千住から隅田川に架かる千住大橋を渡れば江戸であり、二里進めば日本橋だ。

水戸藩江戸上屋敷のある小石川御門外は、日本橋より手前になる。

残るは五里余りだ。

上手《うま》くすれば、今夜中に着けるかもしれない……。

兵庫は、淡い希望を抱いた。だが、希望は直ぐに棄てた。

忍び刺客の柘植の道悦が、黙って見ている筈はないのだ。

「父上、腹が減った」

虎松は、腹の虫を鳴かせた。

「そうだな……」

兵庫は、朝から何も食べていないのに気付いた。

松戸宿は旅人が行き交い、土埃と馬糞《ばふん》の臭《にお》いが漂っていた。

兵庫は、宿場に忍び刺客らしき者を捜した。だが、相手は忍び刺客だ。どんな姿になって忍んでいるか分からなく、疑えば切りがない。

その時はその時……。

心配と警戒ばかりしていたら何も出来ない。

兵庫は覚悟を決め、虎松を連れて一膳飯屋に入った。

「いらっしゃいませ」

小女《こおんな》が、兵庫と虎松を迎えた。

「邪魔をする……」

昼飯時をとっくに過ぎた店内に客はいなかった。

兵庫は、虎松と共に店の奥の窓辺に座った。

「何にします」

「飯に汁、菜は何がある」

「大根と油揚げの煮物と豆腐が残っているぐらいです」

「そうか。じゃあ、そいつを貰おうか」

「はい……」

小女は、板場に入って行った。

兵庫と虎松は、飯が出来るのを待った。

愛宕下《あたごした》の三縁山増上寺は、未《ひつじ》の刻八つ（午後二時）の鐘の音を響かせていた。

増上寺裏手の柳生藩江戸上屋敷の座敷では、当主の対馬守が峰姫付き老女の佐和と向かい合っていた。

「刀番の黒木兵庫なる者、それ程の遣い手なのですか……」

老女の佐和は眉をひそめた。

「左様、我が手の者共を斃し、松戸宿に入ったものと思われる」

「松戸の宿と申せば江戸から五里余り。対馬どの……」

佐和は、焦りを浮かべた。

「ご案じ召さるな、佐和どの。虎松君は必ずや斃す」

対馬守は、厳しい面持ちで告げた。

「そうでなければ困る。対馬どの、虎松君を江戸に入れてはなりませぬ。なりませぬぞ」

佐和は、白髪交じりの髪を振り立て、眉を逆立《さかだ》てて対馬守を睨み付けた。

まるで鬼女だ……。

対馬守は、密《ひそ》かに苦笑した。そして、佐和の背後に控えている峰姫の執念に寒気と哀れみを感じた。


飯は美味《うま》かった。

兵庫と虎松は、一膳飯屋で腹拵《はらごしら》えをして松戸宿を出た。

兵庫は、行き交う者たちに眼を光らせた。

旅の武士や町方の者、荷を運ぶ人足、駄馬を引く馬子……。

この中に裏柳生の忍び刺客は必ずいる……。

兵庫は、虎松を連れて油断なく水戸街道を進んだ。やがて江戸川に出た。
江戸川は利根川の分流であり、舟渡しだ。
兵庫と虎松は、渡し舟に乗って江戸川を進んだ。
裏柳生刺客四之組の柘植の道悦たちは、何処で襲い掛かって来るのか分からない。
兵庫は、渡し舟に同乗している旅人は勿論、川の流れにも眼を配った。
渡し舟は、何事もなく対岸に着いた。
兵庫と虎松は、江戸川を無事に渡って金町村《かなまちむら》を抜けた。
金町村を過ぎると次は新宿だ。そして、新宿から一里半で千住の宿だ。
江戸は近い……。
兵庫は、一歩一歩が江戸に近付いている実感を覚えた。
新宿の茶店は賑わっていた。江戸を出立した旅人が、休息したくなる頃合いだった。
兵庫と虎松は、茶店の奥の縁台に腰掛けて休息を取った。
虎松は、団子を食べた。兵庫は、茶を飲みながら水戸街道を行く旅人に不審な者を捜した。だが、これと云って不審を感じる者はいなかった。

何故だ……。

兵庫は、微かな戸惑いを感じた。

道悦の配下の忍び刺客は、必ず追って来ているのだ。だが、殺気はおろか、不審さえも感じさせずにいる。

柘植の道悦は何を企てているのだ……。

兵庫は気になった。

新宿から千住は一里半だ。

兵庫は虎松を伴い、道悦配下の忍び刺客を警戒し、油断なく水戸街道を進んだ。

中川《なかがわ》を渡ると亀有村《かめありむら》であり、砂原村《すなわらむら》、上千葉村《かみちばむら》、小菅村《こすげむら》と続いて千住宿だ。

兵庫は、道悦たち裏柳生の忍び刺客の襲撃を待ち構え、緊張しながら進んだ。

だが、忍び刺客の襲撃はなく、兵庫は強いられ続ける緊張に疲れを覚えずにはいられなかった。

兵庫と虎松は、亀有村を通り抜けた。

漸《ようや》く此処《ここ》迄《まで》来た……。

兵庫は、周囲に眼を配り、先を歩く虎松を見守りながら進んだ。そして、追って来る道悦配下の忍び刺客に気付いた。

忍び刺客は、新宿から背後を来る三度笠を目深に被った渡世人だった。

渡世人の足取りは、松戸から新宿まで背後をやって来た行商人と同じだった。

行商人は、兵庫と虎松が新宿の茶店で休息した時、追い越して行った。そして、茶店を出て水戸街道を歩み始めた時、いつの間にか渡世人が背後に現われた。

兵庫は、渡世人の足取りが追い抜いて行った行商人と同じなのを見抜いた。

行商人と渡世人は、同じ足取りの同一人物。

裏柳生の忍び刺客……。

兵庫は、背後から来る渡世人の様子を窺いながら進んだ。

斃すか……。

兵庫は、渡世人の隙を窺った。

渡世人は一定の距離を保って、兵庫たちを追って来る。

追って来ている忍び刺客は、おそらく渡世人だけではない。

渡世人を斃した処で、見張りから逃れられる訳ではないのだ。

兵庫は、様子をみる事にした。

砂原村から上千葉村、そして小菅村に入った。

小菅村の次が千住の宿場だ。

漸く辿《たど》り着いた……。

兵庫は、そうした思いに駆られた。しかし、裏柳生の刺客の攻撃が終わった訳ではない。兵庫の最大の役目は、虎松を水戸藩主で父親の斉脩と対面させる事なのだ。

江戸に着いたとしても、虎松が無事に斉脩と対面出来るとは限らない。

斉脩正室の峰姫は、虎松と斉脩の対面を手立てを選ばずに阻止しようとする筈だ。

裏柳生の刺客の襲撃も、手立ての一つに過ぎないのだ。

兵庫は、虎松と共に水戸街道を進み、綾瀬川《あやせがわ》に架かっている橋を渡った。

陽は西に大きく傾き、水戸街道を染め始めた。

行く手に千住の宿が見えた。

「父上……」

虎松が、兵庫を振り向いた。

「千住宿だ……」

「うむ。虎、千住迄良く辛抱したな」

「うん……」

虎松は、此処数日で日焼けした顔で頷いた。兵庫は、虎松の日焼けして土埃に汚れた顔に僅かだが逞《たくま》しさを感じた。

虎松は、足取りを速めた。

兵庫は続いた。

此のまま千住宿を抜けて江戸に入るか、それとも泊まるか……。

兵庫は思いを巡らせた。

此のまま江戸に進めば途中で夜になる。如何に江戸とはいえ、忍び刺客を相手に夜道は危険過ぎる。

千住に泊まる……。

兵庫は決めた。

千住宿は、奥州・日光・水戸街道の起点になる宿場だ。

千住宿の他に起点になる宿場は、東海・山陽道の品川宿《しながわ》、中仙道の板橋宿《いたばし》、甲州街道の内藤新宿《ないとうしんじゅく》があり、江戸四宿《ししゅく》と称されていた。

四宿は飯盛り女と云う名目で遊女を置くのを許されており、江戸を旅立つ者を慰め、長旅を終える者の疲れを癒し、それぞれ賑わいをみせていた。

兵庫は、隅田川に近い千住河原町《せんじゅかわらちょう》に進んだ。

夕暮れ前の千住宿は、客を引く番頭や女中で賑わっていた。

兵庫と虎松は、河原町の旅籠『だるま屋』に泊まる事にした。そして、『だるま屋』の土間で足を濯いで外を窺った。

追って来た渡世人の姿は既に消えていた。

兵庫は、虎松と共に客室に入った。

渡世人に扮した忍び刺客は、既に裏柳生刺客四之組頭の柘植の道悦に兵庫と虎松の宿を報せた筈だ。

道悦たち忍び刺客は、道中最後の夜に総力をあげて虎松の命を取りに来る。

仕掛けてくるのは今夜……。

兵庫は睨み、切り抜ける手立てを思案した。

旅籠『だるま屋』には次々と客が泊まり、兵庫と虎松の客室の隣にも番頭が客を案内して来たのが窺えた。

隣の客室とは襖一枚で隔てられており、番頭の声が良く聞こえた。しかし、相手の客の声は余り聞こえなかった。

声を潜めている……。

兵庫は、微かな違和感を覚えた。

番頭は、客を残して立ち去って行った。

「虎……」

兵庫は、虎松を隣の部屋の襖の傍から離し、気配を窺った。

殺気は感じない……。

兵庫は、微かな戸惑いを覚えた。

隣の客室に人の動く気配がした。

忍び刺客……。

兵庫は、虎松を背後にして胴田貫を引き寄せた。

未だ殺気はない……。

兵庫は、戸惑いを募らせて胴田貫を握り締めた。

次の瞬間、襖が開けられた。

「あっ……」

虎松が、襖を開けた人物を見て思わず声をあげた。

兵庫も驚き、思わず声をあげそうになった。

「虎松さま、御無事で何よりにございます」

襖を開けて入って来た大店《おおだな》の旦那風の男は、虎松に平伏して挨拶した。

大店の旦那風の男は、兵庫の父親の黒木嘉門だった。

「父上……」

兵庫は困惑した。

「うむ。虎松さまとその方が出立した翌日、五平と共に水戸を出てな。江戸に着いてそれとなく上屋敷に探りを入れた処、虎松さまとその方が未だ現われておらぬと知り、身形《みなり》を変えて千住迄出張り、待っていたのだ。後から来ていた渡世人、裏柳生の刺客か……」

嘉門は、鋭い睨みを見せた。

「おそらく……」

兵庫は頷いた。

「やはりな。ならば兵庫。この旅籠、既に裏柳生の見張りの許に置かれているな」

「はい……」

「で、どうする……」

嘉門は、笑顔で尋ねた。

「おそらく父上と同じでしょう……」

兵庫は苦笑した。

四

夕暮れ時が訪れた。

千住宿の外れの茶店は、旅人も途絶えて雨戸を閉めた。

「そうか、黒木兵庫に妙な動きはないか……」

柘植の道悦は、茶店の老亭主に念を押した。

「はい。先程、見張っている者共から、そう報せがございました」

茶店の老亭主は頷いた。

老亭主は、裏柳生が千住宿に根付かせた忍《しの》び草《ぐさ》だった。

「よし。皆の者に儂が行く迄、見張る以外の余計な手出し、一切無用と伝えい」

「はい……」

「だるま屋に忍んでの見張りもな……」

「しかし、道悦さま……」

老亭主は戸惑った。

旅籠『だるま屋』に忍び込んで見張らない限り、黒木兵庫の詳しい動きは分からない。

「黒木の動きが分かる程に近付けば、我らの動きも黒木に知れるのは必定《ひつじょう》。下手に動いて気取《けど》られ、江戸に入る最後の夜に虎松を始末出来なければ、裏柳生刺客四之組柘植の道悦の名が廃《すた》る……」

道悦は苦笑した。

「承知しました。では……」

茶店の老亭主は、道悦の前から下がった。

「黒木兵庫、虎松の命、必ず貰う……」

冷酷な笑みを浮かべた道悦の顔は、夕暮れ時の青黒さに覆われていった。

旅籠『だるま屋』に夜の静けさが訪れた。

裏柳生刺客四之組の忍び刺客たちは、旅籠『だるま屋』を見張った。

黒木兵庫と虎松が、旅籠『だるま屋』を脱《ぬ》け出す事はなかった。

手拭で頬被りをした老百姓が、大根、牛蒡《ごぼう》、青菜などの野菜を入れた大きな竹籠を担いでやって来た。そして、旅籠『だるま屋』の裏口に入って行った。

明日の朝飯に使う野菜……。

見張りの忍び刺客たちは睨んだ。

僅かな時が過ぎた。手拭で頬被りをした老百姓は、売れ残った野菜の入った竹籠を担いで旅籠『だるま屋』から出て来て立ち去って行った。

忍び刺客たちは見送った。


行燈《あんどん》の明かりは客室を照らした。

兵庫は油紙を敷いた。

黒木家下男の五平が、油紙の上に水を入れた盥《たらい》を置いた。

「済まぬな。五平……」

「いいえ、他に御用は……」

五平は、嘉門が着ていた着物を纏《まと》っていた。

「いや。後は俺がやる……」

兵庫は、風呂敷包みから砥石などの研ぎの道具を広げた。

「では、兵庫さま、これで手前は……」

「うむ。気を付けて帰れ」

「はい……」

五平は、兵庫に一礼して隣の部屋に戻り、静かに襖を閉めた。

一人残った兵庫は懐紙を咥《くわ》え、胴田貫を抜いて行燈の明かりに翳した。

胴田貫の刀身には、微かな血曇りがあった。

兵庫は、胴田貫の目釘《めくぎ》を抜いて把《つか》を外し、切羽《せっぱ》と鍔《つば》を取り去った。

胴田貫の刀身は、刃毀れもなく鈍色《にびいろ》に輝いた。

兵庫は、胴田貫の刀身を濡《ぬ》らし、静かに砥石に滑らせた。

刃と砥石の擦れる音が低く鳴った。

兵庫は、胴田貫の刀身を研いだ。

五平は、老百姓に身を窶《やつ》して旅籠『だるま屋』を訪れ、嘉門と身形《みなり》を変えた。

嘉門は、大きな竹籠から野菜を出し、虎松を潜ませて担ぎ去った。

「父上……」

虎松は、不安を滲ませて兵庫を見つめた。

「虎、私の父上は、私に剣を仕込んでくれた師匠で私より強い。安心していけ」

兵庫は言い聞かせた。

「分かった……」

虎松は頷いた。

「それに、すぐ又逢《あ》える」

兵庫は微笑んだ。

「うん……」

虎松は、笑顔で大きな竹籠に入り、青菜を頭から被った。

兵庫は、虎松の笑顔を思い浮かべながら胴田貫を研いだ。

行燈の明かりが微かに揺れた。

兵庫は、胴田貫を研ぐ手を止めて辺りを窺った。

襖一枚隔てた隣の部屋には既に五平の気配はなく、天井や床下にも不審は感じられなかった。

兵庫は、胴田貫の刀身を洗って拭い、切羽と鍔を戻し、把に入れて目釘を打った。そして、打粉を打って胴田貫の手入れを終えた。

兵庫は、胴田貫を行燈に翳した。

胴田貫の血曇りは消えていた。

此処に来る迄、胴田貫は良く働いてくれた。

兵庫は、名もない胴田貫に深く感謝せずにはいられなかった。

胴田貫は、行燈の明かりに妖しく輝いた。


裏柳生刺客四之組頭の柘植の道悦が、旅籠『だるま屋』の表に現われた。

配下の忍び刺客たちが、家並みの暗がりから道悦に駆け寄った。

「変わった事はないな」

「はい」

配下の忍び刺客たちは頷いた。

「よし。狙うは虎松の命……」

道悦たち刺客の使命は、飽《あ》くまでも水戸家側室お眉の方の子・虎松を葬る事だ。

「容赦は無用、行け」

道悦は命じた。

配下の忍び刺客たちは散った。


来る……。

兵庫は、湧き上がった殺気が押し寄せて来るのを察知し、胴田貫を腰に差して行燈の火を吹き消した。

忍び刺客たちが、廊下と庭先から障子を蹴破って雪崩《なだ》れ込んで来た。

兵庫は、素早く片膝を突いて胴田貫を一閃した。

先頭の忍び刺客が、血を振り撒いて壁に叩き付けられた。

研ぎを掛けた胴田貫の斬れ味は、驚く程に鋭かった。

兵庫は、突いた片膝を起点にして前後左右に胴田貫を閃かせた。

忍び刺客たちが斃れた。

天井から忍び刺客が襲い掛かった。

兵庫は、胴田貫を頭上に一閃し、大きく飛び退いた。

天井から襲った忍び刺客が脚を斬り飛ばされ、兵庫がいた処に叩き付けられた。

飛び退いた兵庫は、そのまま庭先に降りて旅籠『だるま屋』の外に走った。

忍び刺客たちは追った。

残った者たちは、客室と隣室に虎松を捜した。

道悦が現われた。

「虎松は何処だ……」

「それが、いないのです」

忍び刺客は、呆然とした面持ちで告げた。

道悦は怒りと焦りに顔を歪め、兵庫と忍び刺客を追って客室から消えた。

「おのれ、黒木兵庫……」

兵庫は、夜の水戸街道を隅田川に向かって走った。

忍び刺客たちは、左右の家並みの屋根伝いに追いながら手裏剣を放った。

手裏剣は唸りをあげて兵庫を追い、身体を掠《かす》めた。

兵庫は手裏剣を必死に躱し、家並みの路地に飛び込んだ。

隅田川の流れは月明かりを揺らしていた。

兵庫は岸辺に駆け降り、隅田川の流れを背にして立った。

逃げ道を失った。

「最早此迄《これまで》だ、黒木兵庫……」

忍び刺客たちは、嘲笑を浮かべて兵庫を半円状に取り囲んだ。

兵庫は苦笑した。

隅田川の滔々《とうとう》とした流れは、兵庫の背後を護《まも》ってくれる。

兵庫は、背後からの敵を気にせず闘う為に隅田川を背にしたのだ。

「黒木兵庫……」

柘植の道悦が、忍び刺客の背後から進み出て来た。

「柘植の道悦……」

「虎松は何処だ」

道悦は、出し抜かれた怒りに震えた。

「安心しろ、既に江戸に行った」

兵庫は嘲りを浮かべた。

「おのれ……」

道悦は、両手に微塵《みじん》を廻し始めた。

〝微塵〟とは、鉄の輪に一尺にも満たない分銅《ふんどう》付き鎖を三本付けた武器だ。三本の鎖の分銅で敵を打ち、鎖の一本を握れば長さが倍になり、投げて敵の首や手足を絡め取る。

道悦は、微塵を左右の手で廻し、続け態《ざま》に投げ付けて地を蹴った。

微塵は三本の鎖を伸ばして回転し、唸りをあげて兵庫に襲い掛かった。

兵庫は咄嗟に伏せた。

微塵は、伏せた兵庫の頭上を唸りをあげて飛び抜けた。

読みの通り……。

夜空高く跳んだ道悦は、忍び刀を構えて伏せた兵庫の上に飛び降りようとした。

兵庫は、仰向《あおむ》けになりながら胴田貫を突き出した。

道悦は、咄嗟に右足一本で地を蹴って飛び退いた。

兵庫は跳ね起き、道悦に鋭く斬り掛かった。

道悦は、忍び刀で斬り結んだ。

火花が散り、焦げ臭さが漂った。

兵庫は、胴田貫を鋭く閃かせた。

道悦は、斬り結びながら左手に出した忍び鎌を一閃した。

兵庫は必死に躱した。だが、胸元が横薙《よこな》ぎに斬られ、着物が垂れ下がって血が糸のように滲んだ。

道悦は、忍び刀と忍び鎌を両手で操り、鋭く兵庫に襲い掛かった。

兵庫は、腰を僅かに沈めて胴田貫を真っ向から斬り下ろした。

道悦は、忍び刀で受け止めた。だが、忍び刀は二つに折れて飛んだ。

道悦は狼狽えた。

兵庫は、間断なく道悦に斬り込んだ。

道悦は、忍び鎌で必死に応戦した。しかし、忍び鎌は胴田貫の敵ではなかった。

忍び鎌の薄く鋭い刃は、胴田貫に斬り飛ばされた。

道悦は、胴田貫の斬れ味に怯んだ。

「此迄だ、道悦」

兵庫は、道悦の首の血脈を狙って胴田貫を鋭く一閃した。

道悦は咄嗟に躱した。だが、首の血脈を僅かに斬られて血が流れた。

兵庫は、止《とど》めの一刀を放とうとした。

刹那、道悦は兵庫に組み付いた。

兵庫は、戸惑いながらも道悦を振り放そうとした。だが、道悦は両腕で兵庫を締め上げ、離れる事はなかった。

「射て、弩を射て……」

道悦は、配下の忍び刺客に命じた。

兵庫に弩を射てば、道悦にも当たる。

「お頭……」

配下の忍び刺客は恐れ、躊躇《ためら》った。

「構わぬ。儂もろとも射て、射て……」

道悦は、嗄れた声で叫んだ。

配下の忍び刺客たちは弩を射ち、手裏剣を放った。

兵庫は、懸命に道悦と体を入れ替えた。

弩の短い矢と手裏剣は、道悦の背に音を立てて突き刺さった。

「お、おのれ、黒木……」

道悦は、苦しげに顔を歪めて必死に体を入れ替えようとした。

兵庫は、懸命に踏み止まって道悦に胴田貫を突き刺した。しかし、兵庫を締め上げる道悦の両手が緩む事はなかった。

配下の忍び刺客は、焙烙玉《ほうろくだま》を投げ付けた。
焙烙玉は、兵庫と道悦の傍で爆発した。
兵庫と道悦は、爆発に激しくよろめいた。
配下の忍び刺客が、忍び刀を翳して兵庫と道悦に殺到した。
兵庫は、渾身《こんしん》の力を振り絞って道悦と共に隅田川に飛び込んだ。
水飛沫《みずしぶき》が音を立てて跳ね上がった。
配下の忍び刺客たちは、岸辺に駆け寄って隅田川の流れに兵庫と道悦を捜した。
隅田川の流れは暗く、兵庫と道悦の姿は見えなかった。
裏柳生刺客四之組頭の柘植の道悦は死んだ。
兵庫は、隅田川を流れながら道悦の死体を漸《ようや》く引き離した。
道悦の死体は、隅田川に架かる千住大橋に向かって流れ去った。
兵庫は胴田貫を鞘に納め、流れに乗って静かに泳ぎ始めた。
闘いに火照《ほて》った兵庫の五体は、隅田川の流れに冷えて落ち着きを取り戻した。
千住大橋を潜《くぐ》り、田畑に挟まれた隅田川の流れを下った。
やがて、行く手の東岸に桜並木の影が見えて来た。

向島だ……。

向島の桜並木の先には、水戸藩江戸下屋敷がある。

兵庫は、西岸の町の明かりに気付いた。

橋場《はしば》の町だ。

兵庫は、橋場の船着場に向かって泳いだ。


橋場の船着場には、繫《つな》がれた猪牙舟《ちょきぶね》が揺れていた。

兵庫は、船着場に這《は》い上がって大きく息をついた。

道悦の忍び鎌に斬られた胸元の傷は浅手であり、血は既に止まって痛みを僅かに感じるだけだった。

兵庫は、仰向けになって息を整えた。

夜空には無数の星が煌めいていた。

漸く江戸に辿り着いた……。

兵庫は、逃亡旅《のがれたび》が終わったのを知った。だが、逃亡旅は終わったとしても、虎松を殿の水戸斉脩に逢わせなければ役目を果たした事にはならない。

裏柳生は、水戸からの道中で虎松を葬るのに失敗した。

このままでは裏柳生の名は地に落ち、柳生は只の小大名に成り下がる。
裏柳生は、何としてでも虎松を葬り、斉脩との対面を阻止しようとする筈だ。
役目が終わった訳ではない……。
兵庫は起き上がり、橋場の町並みを見廻した。
江戸にはかつて役目で来て一年程滞在しており、それなりに知っていた。
兵庫は、橋場の船着場を離れた。

第四章　裏柳生始末

一

入谷《いりや》の寺町は眠り込んでいた。

兵庫は、入谷の真源院《しんげんいん》・鬼子母神《きしもじん》の前に現われた。そして、入谷鬼子母神裏の瑞泉寺《ずいせんじ》に進んだ。

瑞泉寺の山門は開いていた。

此処《ここ》か……。

兵庫は、瑞泉寺の境内に入り、本堂の裏手に向かった。

本堂の裏手には、明かりの灯《とも》された小さな家作《かさく》があった。

兵庫は周囲の気配を窺《うかが》い、不審がないのを見定めて家作の戸を小さく叩《たた》いた。

「何方《いずかた》ですか……」

家作から五平の声がした。

「私だ……」

兵庫は囁《ささや》いた。

戸が開き、五平が顔を出した。

「兵庫さま……」

五平は、嬉《うれ》しげに笑った。

「やあ、五平……」

兵庫は微笑《ほほえ》んだ。


井戸の水は冷たく、疲れ果てた五体を引き締めてくれた。

兵庫は井戸端で水を被《かぶ》り、五平の仕度してくれた新しい下帯を締め、寝間着を纏《まと》って座敷に入った。

座敷には、虎松と嘉門が待っていた。

「虎松さま、無事に江戸到着、祝着《しゅうちゃく》にございます」

兵庫は挨拶をした。

「父上……」

虎松は、日焼けした顔を綻《ほころ》ばせた。

「虎松さま。父と子は道中だけでの事。江戸に着いた今、最早《もはや》終わりにございます」

兵庫は笑顔で告げた。

「父上……」

虎松は戸惑った。

「左様。虎松さま、江戸には実の御父上さまである殿に逢《あ》いに来たのです。最早、道中での父子は忘れるのです」

嘉門は、虎松に言い聞かせた。

「うん……」

虎松は、淋《さみ》しげに頷《うなず》いた。

「で、兵庫。裏柳生の刺客、柘植の道悦は如何《いかが》致した」

「斃《たお》しました……」

「そうか、御苦労だったな。五平……」

嘉門は、台所にいる五平を呼んだ。

「只今《ただいま》……」

五平は、酒と大福餅を持って来た。

「どうぞ……」

五平は虎松に大福餅を差し出し、嘉門と兵庫の前に徳利と猪口《ちょこ》を置いた。

「暫《しばら》く振りであろう。一献《いっこん》やるが良い」

「はい……」

兵庫は、嬉しげに猪口を手にした。

嘉門は、徳利を取って兵庫の猪口に酒を満たした。

「戴きます」

「うむ……」

兵庫は、猪口の酒を飲み干した。

酒は、兵庫の五体の隅々に染み渡った。

「して、兵庫。明日から如何致す」

「それですが、おそらく小石川御門外の上屋敷には、裏柳生の者共が張り付き、虎松さまが来るのを待ち構えているでしょう」

「うむ……」

「此処は焦らず、様子を窺うべきかと……」

「成る程……」

嘉門は頷いた。

戸が叩かれた。

五平が、戸口に向かった。

兵庫は、何気なく胴田貫を引き寄せた。

「御隠居さま、道源《どうげん》さまがお見えにございます」

五平が戻り、嘉門に告げた。

「道源さまが……」

「やあ。お前が兵庫か……」

鶴《つる》のように痩せた老住職が、兵庫の顔を覗《のぞ》き込みながら座敷に入って来た。

嘉門は、脇に寄って老住職に座を譲った。

兵庫は戸惑った。

「父上……」

「兵庫、当瑞泉寺の御住職で儂《わし》の叔父、お前にとっては大叔父の道源さまだ」

嘉門は、兵庫に告げた。

「大叔父の道源さま……」

兵庫は、初めて聞く話に少なからず驚いた。

「左様。儂がお前の母を嫁に娶《めと》った時、剣の廻国《かいこく》修行に出られてな……」

「なあに、剣の廻国修行は方便。嘉門が嫁を貰《もら》い、厄介叔父は居づらくなったので黒木の家を出た迄《まで》じゃ。その証拠がこの姿だ」

道源は、光り輝いている頭を撫《な》でて笑った。

「何を申されます。私に剣を仕込んだのは叔父上ではございませぬか……」

嘉門は苦笑した。

大叔父の道源は、今は鶴のように痩せた老僧だが、若い頃は剣客だった。

「そうでしたか。道源さま、初めて御目に掛かります。兵庫にございます」

兵庫は、道源に平伏した。

「うむ。兵庫、事情は嘉門から聞いた。水戸から虎松さまを御守りし、裏柳生の刺客共を斃して来たか……」

「はい。虎松さまも良く堪えられ、漸《ようや》く江戸に辿《たど》り着きました」

「うむ。流石《さすが》は水戸徳川の血を受け継ぐ虎松さま。そして、黒木家相伝の無双流の遣い手。二人ともようやった」

道源は褒めた。

「うん」

虎松は、嬉しげに頷いた。

「畏《おそ》れいります」

「これからは、虎松さまのお側《そば》には嘉門と儂がいる。心置きなく働くが良い」

道源の言葉に嘉門は頷いた。

「忝《かたじけ》のうございます」

兵庫は微笑んだ。


上大崎の柳生藩江戸下屋敷の大屋根は、月明かりを浴びて濡《ぬ》れたように輝いていた。

「四之組の道悦が斃された……」

裏柳生総師の柳生幻也斎は、衝きあがる動揺を懸命に抑えた。

「はい。千住は隅田川の岸辺で、黒木兵庫と斬り結び……」

忍び刺客は項垂《うなだ》れた。

「して、虎松は……」

幻也斎は、嗄《しわが》れ声を微《かす》かに震わせた。

「我らが襲った時には、既に姿を消し、黒木兵庫だけが……」

「ならば、襲う前に逃げられたと申すか……」

幻也斎は、厳しさを過《よぎ》らせた。

「はい。いつの間にか……」

「愚か者……」

幻也斎は、思わず忍び刺客を蹴り倒した。

「お、お許しを……」

忍び刺客は平伏した。

「お館《やかた》さま……」

近習の榊菊之助は、慌てて幻也斎を制した。

幻也斎は、落ち着きを取り戻した。

「ならば、水戸藩江戸上屋敷を探り、虎松の動きを急ぎ見定めろ」

「ははっ……」

忍び刺客は、幻也斎の前から早々に退出した。

「おのれ、黒木兵庫……」

幻也斎は、怒りを滲《にじ》ませた。

「お館さま、刺客五之組の……」

「一之組だ。菊之助、刺客一之組の頭を呼べ」

幻也斎は遮った。

「心得ました」

「それから、水戸藩に潜む忍び草、急ぎ江戸に呼ぶのだ」

「水戸の忍び草を……」

菊之助は眉をひそめた。

「うむ……」

幻也斎は命じた。

燭台《しょくだい》の火は妖しく瞬《またた》いた。


神田川には様々な船が行き交い、一枚の紅葉が流れていた。

小石川御門外にある水戸藩江戸上屋敷には様々な者が出入りしていた。

黒木兵庫は、塗笠《ぬりがさ》を目深に被って水戸藩江戸上屋敷の周囲を窺った。

水戸藩江戸上屋敷は広大な敷地を誇り、表門は西南の小石川御門に向き、南東の隣には美濃国《みののくに》郡上藩《ぐじょうはん》青山《あおやま》家の江戸上屋敷などの武家屋敷が並び、裏手の北東には播磨国《はりまのくに》安志藩《あんじはん》小笠原《おがさわら》家江戸上屋敷と上・中・下の富坂《とみざか》町の町家があり、西北の隣には小石川の町や牛天神《うしてんじん》などがあった。

忍びの者が見張る場所は幾らでもあり、下手をすれば水戸家家中に裏柳生の草が潜んでいる恐れすらあるのだ。

兵庫は眉をひそめた。

どうする……。

兵庫は思いを巡らせた。

先《ま》ずは己の身を餌にし、裏柳生の出方を窺ってみる……。

兵庫はそう決め、目深に被った塗笠をあげて顔を晒《さら》し、辺りを見廻《みまわ》した。そして、神田川沿いの道を水道橋《すいどうばし》に向かった。

兵庫は、背後を窺いながら進んだ。

縞《しま》の半纏《はんてん》を纏《まと》った遊び人風の男が、背後を来るのに気が付いた。

現われたか……。

兵庫は、水道橋の袂《たもと》を通って尚《なお》も進んだ。

遊び人は、一定の距離を保って付いて来る。

兵庫は、不意に道を曲がって本郷の通りに向かった。

遊び人は付いて来た。

裏柳生の手の者か……。

兵庫は、本郷の通りから湯島天神門前町に入った。

遊び人は付いて来た。

裏柳生の手の者に違いない……。

兵庫がそう睨《にら》んだ時、遊び人は姿を消した。

違ったのか……。

兵庫は、戸惑いながらも門前町を進んで湯島天神の境内に入った。

湯島天神は参拝客で賑《にぎ》わっていた。

兵庫は、本殿に参拝して境内の茶店に入った。そして、茶店娘に茶を頼み、参拝客に姿を消した遊び人を捜した。

遊び人はいなかった。

兵庫は、茶を飲み終えて男坂《おとこざか》に向かった。

境内の隅にいた二人の浪人が、兵庫の後から男坂に進んだ。

兵庫は気付いた。裏柳生の新たな手の者か……。

兵庫は、男坂から坂下町を抜けて不忍池《しのばずのいけ》に出た。

不忍池には水鳥が遊び、畔《ほとり》には木洩《こも》れ日《び》が揺れていた。

兵庫は、二人の浪人の様子を窺った。
二人の浪人は、何事かを語らいながら兵庫の後をやって来る。
そこに殺気は感じられなかった。
裏柳生の手の者ではないのか……。
兵庫は戸惑った。そして、不忍池の畔に佇《たたず》み、二人の浪人の動きを見定めようとした。
二人の浪人は、足取りを変えずに近付いて来た。
どう出る……。
兵庫は、二人の浪人の出方を待った。
二人の浪人は、佇む兵庫の背後に近付いた。
兵庫は、背後の二人の浪人に気を集中して殺気を探した。
殺気は感じられない……。
二人の浪人は、兵庫の背後を通り過ぎた。
兵庫は、気の集中を解いた。
二人の浪人は、遠ざかって行った。
兵庫は見送った。

違った……。

二人の浪人は、兵庫を尾行《つけ》て来たのではなく、偶々《たまたま》同じ方に来ただけなのだ。

他に不審な者はいない。

兵庫は戸惑った。

裏柳生の者は、水戸藩江戸上屋敷を見張ってはいなかったのか……。

それとも私に気付かなかったのか……。

兵庫は、小さな吐息を洩らした。

不忍池には蜻蛉《とんぼ》が飛び交い、水面に小さな波紋を幾つも重ねた。

瑞泉寺のある入谷は、東叡山寛永寺《とうえいざんかんえいじ》の裏手になる。

兵庫は、不忍池の畔を下谷広小路《したやひろこうじ》に向かった。

下谷広小路を横切り、寛永寺の東の山下《やました》を抜けると入谷になる。

兵庫は、下谷広小路の賑わいに差し掛かった時、何者かの視線を感じた。

見張られている……。

兵庫の勘が囁《ささや》いた。そして、裏柳生の狙いに気付いた。

私を泳がせ、虎松の処《ところ》に行くのを待っているのだ……。

兵庫は睨んだ。

裏柳生の使命は、黒木兵庫を斃すより虎松を葬る事だ。

危うく裏柳生の者を虎松の許《もと》に案内するところだった……。

兵庫は、己の迂闊《うかつ》さを恥じた。

下谷広小路は、寛永寺の参拝客や見物客で賑わっていた。

兵庫は、下谷広小路を横切って上野元黒門町《もとくろもんちょう》の裏通りに抜けた。裏通りには古い蕎麦屋《そばや》があった。兵庫は、蕎麦屋の暖簾《のれん》を潜《くぐ》った。

縞の半纏を纏った遊び人が、蕎麦屋に入る兵庫を物陰から見送った。そして、二人の浪人がやって来た。

兵庫は、窓辺に座って外を窺った。

見覚えのある縞の半纏を着た男が、斜向《はすむ》かいの荒物屋《あらものや》の陰に僅《わず》かに見えた。

兵庫は、水戸藩江戸上屋敷から後を付いて来た遊び人だと気付いた。

「おまちどおさま」

亭主が、徳利とせいろ蕎麦を持って来た。

「うむ……」

兵庫は、せいろ蕎麦を肴《さかな》に手酌で酒を飲み、荒物屋の陰にいる遊び人を見守った。
遊び人の傍《そば》に二人の浪人が現われ、兵庫のいる蕎麦屋を見ながら言葉を交していた。
やはり裏柳生の者共……。
兵庫は、己の勘の正しさに微かな安堵《あんど》を覚えた。
小石川御門外の上屋敷は、やはり裏柳生の監視下に置かれていた。
虎松を連れて行けば、裏柳生の刺客たちは手立てを選ばず葬ろうとする筈《はず》だ。
たとえ無事に上屋敷に入った処で何が起こるか分かりはしない。
どうする……。
兵庫は、せいろ蕎麦を食べて酒を飲んだ。
裏柳生は、虎松の居場所を知らず、突き止めようと兵庫を泳がせている。
虎松が一緒でない今、裏柳生の企てに乗ってやるのも面白い……。
兵庫は、不敵な笑みを浮かべた。

二

上野元黒門町の蕎麦屋を出た兵庫は、下谷広小路から御成《おなり》街道を神田川に向かった。

遊び人と二人の浪人は、充分に距離を取って慎重に兵庫を尾行た。

兵庫は、神田川に架かっている筋違御門《すじかいごもん》を抜けて神田八ッ《や》小路《こうじ》から日本橋の通りを進んだ。

日本橋の通りには、大勢の人が忙しく行き交っていた。

兵庫は、日本橋の通りを進んで日本橋川に架かっている日本橋を渡った。そして、京橋川《きょうばしがわ》に架かる京橋、汐留川《しおどめがわ》に架かる芝口橋《しばぐちばし》、古川《ふるかわ》に架かる金杉橋《かなすぎばし》を渡り、袖《そで》ケ浦《がうら》沿いの東海道を進んだ。

旅人の姿が増え、高輪《たかなわ》の大木戸《おおきど》が見えた。

兵庫は、大木戸の手前の芝田町《しばたちょう》九丁目の辻《つじ》を西に曲がった。そして、肥後《ひご》国熊本藩江戸下屋敷の前を二本榎《にほんえのき》に進み、筑後《ちくご》国久留米《くるめ》藩江戸下屋敷の辻を西に曲がって白金猿丁《しろがねさるちょう》、品川臺丁《しながわだいちょう》に進んだ。

遊び人と二人の浪人は、兵庫を追った。

兵庫は、備前国岡山藩江戸下屋敷沿いの田畑の間の道に入った。

まさか……。

遊び人と二人の浪人は、驚き困惑した。

このまま進めば、上大崎の柳生藩江戸下屋敷だ。

兵庫は、穫《と》り入れの終わった田畑の間の道を進んだ。

遊び人と二人の浪人は、兵庫が裏柳生の館である江戸下屋敷に行くと見定めた。

「どうする……」

遊び人は焦った。

下屋敷の者の殆《ほとん》どは水戸藩江戸上屋敷に行っており、いるのは総師の柳生幻也斎と榊菊之助たち近習ぐらいだった。

「おのれ、黒木……」

二人の浪人は苛立《いらだ》った。

柳生藩江戸下屋敷は、上大崎の穫り入れの終わった田畑の中にあり、門前を通る者は滅多にいなかった。

兵庫は門前に佇み、塗笠をあげて厳しい面持ちで下屋敷を見上げた。

門内に人が動く気配がした。

兵庫は嘲《あざけ》りを浮かべた。裏柳生が虎松の命を狙うなら、こっちは総帥の柳生幻也斎を狙う……。

兵庫は、下屋敷に向かって殺気を放った。


兵庫が来た事は、裏門から下屋敷に戻った遊び人から近習の榊菊之助を通じて幻也斎に報《しら》された。

「黒木兵庫が……」

幻也斎は眉をひそめた。

「はい。只今、門前に参っているそうにございます」

菊之助は告げた。

「人数は……」

「黒木兵庫、只《ただ》一人だそうにございます」

「一人……」

幻也斎は戸惑った。

「はい……」

菊之助は頷いた。

「そうか、一人か……」

幻也斎は、兵庫が一人で来た事に微かな畏怖《いふ》を覚えた。

兵庫は、裏柳生刺客二之組頭の不動、三之組頭の双竜、四之組頭の柘植の道悦を悉《ことごと》く斃して来た恐るべき遣い手だ。

その兵庫が、柳生藩江戸下屋敷に一人で来た。それは、裏柳生総帥の柳生幻也斎の命を狙っての事であり、此見《これみ》よがしの挑発でもあった。

「おのれ……」

幻也斎は、微かな畏怖を振り払った。

「如何《いか》が致しますか……」

「捕らえて、虎松の居場所を吐かせろ……」

幻也斎は命じた。

柳生藩江戸下屋敷に殺気が湧いた。

来る……。

兵庫は、胴田貫の鯉口《こいぐち》を切った。

刹那、閉められた表門の左右の武者窓から弩《いしゆみ》の短い矢が射られた。

兵庫は、咄嗟《とっさ》に武者窓から死角になる表門に走った。

同時に表門が開き、裏柳生の者たちが白刃を翳《かざ》して兵庫に殺到した。

兵庫は、胴田貫を抜き打ちに放った。

胴田貫は閃光《せんこう》となり、二人の裏柳生の者たちを斬り裂いた。二人の裏柳生の者は血を飛ばして倒れた。

裏柳生の者たちは、必死に兵庫を取り囲もうとした。だが、兵庫は胴田貫を縦横に閃《ひらめ》かせてそれを許さなかった。

裏柳生の者たちは、手足を斬られて次々に倒れた。

裏柳生の者たちは怯《ひる》んだ。

「柳生幻也斎に伝えろ。虎松さまのお命を狙う限り、幻也斎は無論、依頼主の命を貰うとな……」

兵庫は、嘲りを滲ませて身を翻《ひるがえ》した。

裏柳生の者たちは、一斉に兵庫を追い掛けようとした。

「待て……」

榊菊之助が、表門から出て来て止めた。

裏柳生の者たちは、兵庫を追うのを止《や》めた。

「この者たちの手当てをし、下屋敷の護《まも》りを固めろ……」

菊之助は、兵庫に斬られた者たちを一瞥《いちべつ》して命じた。

「はっ……」

裏柳生の者たちは、怪我人を連れて下屋敷内に戻った。

「榊さま……」

二人の浪人が、菊之助に駆け寄って来た。

「佐平次《さへいじ》が追った。白崎《しろさき》と桑原《くわはら》も追え」

菊之助は命じた。

「心得ました」

白崎と桑原と呼ばれた二人の浪人は、兵庫が駆け去った方に急いだ。

菊之助は、険しい面持ちで見送った。

「黒木兵庫、虎松の命を狙う限り、儂と依頼主の命を貰うとな……」

幻也斎の眼が鋭く輝いた。

「はい……」

　幻也斎は読んだ。

「ですが、万一の場合を考えれば、密《ひそ》かに警護をした方が宜《よろ》しいかと……」

　菊之助は告げた。

「我らの手勢を散らし、水戸藩江戸上屋敷に張り付いている者を減らす企てか……」

「おそらく……」

「おのれ黒木兵庫、小賢《こざか》しい真似《まね》を……」

　幻也斎は、怒りを過《よぎ》らせた。

「何《いず》れにしろ黒木兵庫、恐ろしい程の遣い手にございます」

「幼い虎松を護り、不動、双竜、道悦を斃して来た男だ。今更、驚く事もあるまい」

「されば、何を仕掛けてくるか……」

　菊之助は眉をひそめた。

「菊之助、水戸藩江戸上屋敷に張り付いている者の中から十人程引き抜き、本郷追分の水戸藩江戸中屋敷を護らせろ」

本郷追分の水戸藩江戸中屋敷には、藩主斉脩の正室の峰姫が暮らしている。その峰姫こそが、虎松抹殺の依頼主なのだ。

「心得ました」

菊之助は、幻也斎の許を立ち去った。

「黒木兵庫……」

幻也斎は、兵庫を何《いず》れは立ち合わなければならない相手だと見定めた。

目黒川《めぐろがわ》は穏やかに流れていた。

兵庫は、柳生藩江戸下屋敷から目黒川に駆け抜けて小橋を渡り、振り返った。

追って来る者の姿は見えなかった。

兵庫は、目黒坂沿いの田舎道を目黒不動尊に行く道に向かった。

柳生幻也斎が、挑発と牽制《けんせい》に乗るかどうかは分からない。

乗れば、少なくとも峰姫の暮らす水戸藩江戸中屋敷の警護に配下を振り分ける筈だ。そうすれば、虎松の命を狙って水戸藩江戸上屋敷に張り付いている配下は減る。

兵庫は田舎道を抜け、目黒不動尊の参拝客が行き交う道に出た。

そこから南に行けば目黒不動尊であり、北に進んで目黒川に架かる太鼓橋《たいこばし》を渡ると行人坂《ぎょうにんざか》だ。

兵庫は太鼓橋を渡り、行人坂をあがって白金《しろかね》に向かった。

菅笠《すげがさ》を被った百姓が、太鼓橋の袂に現われて兵庫を見送った。

菅笠を被った百姓は、縞の半纏を着ていた遊び人だった。

「佐平次どの……」

虚無僧《こむそう》姿の白崎と桑原が、田舎道から小走りにやって来た。

「白崎、桑原、黒木兵庫は白金に向かった。行くぞ」

佐平次、白崎、桑原は兵庫を追った。

本郷追分の水戸藩江戸中屋敷は、緊張感に包まれていた。

峰姫は、虎松が江戸に辿り着いたと知って激怒した。

峰姫の怒りは、屋敷の者たちに厳しい緊張を強いた。

「佐和、佐和は何処《どこ》だ。佐和を呼べ……」

峰姫は、苛立たしげに老女の佐和を呼んだ。

「姫さま……」

老女の佐和が、次の間に入って来て平伏した。

「佐和、虎松は如何致した。見つけたのか」

峰姫は、甲高い声を苛立ちに震わせた。

「それが未《いま》だ……」

佐和は、平伏したまま苦しげに告げた。

「おのれ裏柳生、口ほどにもない……」

峰姫は吐き棄《す》てた。

佐和は、言葉もなく平伏し続けた。

「とにかく虎松と殿を逢わせてはならぬ。一刻も早く虎松を葬れと、柳生の者共に伝えい」

峰姫は厳しく命じた。

夕陽《ゆうひ》は日本橋川の流れに映えた。

日本橋の通りには、仕事仕舞いが近付いた者たちが忙しく行き交った。

兵庫は、日本橋の南詰に佇んで振り返った。

お店者《たなもの》、職人、武士、百姓、行商人……。

日本橋の通りには、様々な者が行き交っていた。

兵庫は、不審な者を探した。だが、これと云《い》って不審な者はいなかった。

兵庫は慎重だった。

裏柳生は、何としてでも虎松の行方を突き止めようと、必ず追って来ている筈だ。

このまま入谷の瑞泉寺には戻れない……。

兵庫は日本橋を渡り、日本橋の通りを神田八ッ小路に向かった。

佐平次は、白崎や桑原と繫《つな》ぎを取って兵庫の前後左右を巧妙に追った。

「水戸藩の上屋敷に行く気か……」

佐平次は眉をひそめた。

「おそらく……」

白崎は頷いた。

「よし。俺は上屋敷を見張っているお頭に報せる」

佐平次は、日本橋の通りと並ぶ裏通りを神田川に向かって走った。

白崎と桑原は、慎重に兵庫を尾行《つけ》た。

日が暮れ、神田川に架かる筋違御門は閉じられていた。

兵庫は、神田八ッ小路を横切り、筋違御門の隣の昌平橋《しょうへいばし》に向かった。

昌平橋を渡り、神田川沿いを上流に進めば水道橋、小石川御門となり、水戸藩江戸上屋敷がある。

兵庫は、夜の昌平橋を渡り始めた。

昌平橋の向こうに人影が現われた。

兵庫は立ち止まった。

人影は羽織袴《はおりはかま》の中年武士であり、殺気を露《あらわ》にする事もなく静かに佇んだ。

兵庫は、中年武士を窺った。

「黒木兵庫か……」

中年武士は、穏やかな声音で兵庫に尋ねた。

「おぬしは……」

兵庫は眉をひそめた。

「裏柳生刺客一之組頭、宮本織部《みやもとおりべ》……」

中年武士は、殺気や昂《たかぶ》りを窺わせず淡々と名乗った。

「宮本織部……」

「我ら刺客の邪魔、最早《もはや》無用にされたい……」

「刺客とは相手を選ばぬのか……」

「左様……」

「相手が幼子《おさなご》でもか……」

「幼子でも年寄りでも、刺客依頼を受けたからには葬るのが刺客……」

宮本織部は微笑んだ。

「刺客とは外道《げどう》か……」

兵庫は、微かな怒りを過らせた。

「刺客は情けも要らず名も要らず……」

宮本織部は、穏やかな微笑みを浮かべながら兵庫との間合いを詰めた。

兵庫は、僅かに腰を沈めて抜き打ちの構えを取った。

白崎と桑原が天蓋を取って現われ、兵庫の背後を塞《ふさ》いだ。

兵庫は、昌平橋の上で挟まれた。

やはり、尾行て来る者はいた。

兵庫は、白崎と桑原が追って来た浪人だと気付いた。

白崎と桑原は刀を抜いた。

「黒木、虎松は何処にいる……」

宮本織部は尋ねた。

「聞かれて答えると思うか……」

兵庫は苦笑した。

「その通りだな……」

宮本織部は、踏み込みながら抜き打ちの一刀を放った。

抜き打ちの一刀は鋭く閃いた。

兵庫は、大きく背後に跳んだ。

白崎と桑原が、兵庫に背後から斬り掛かった。

兵庫は、身を沈めて白崎と桑原の刀を躱し、胴田貫を横薙《よこな》ぎに一閃した。

白崎と桑原は、咄嗟に身を投げ出して兵庫の胴田貫を躱した。

兵庫は、宮本織部に振り向いた。

宮本織部は、間合いを詰めて見切りの内に踏み込み、上段から鋭い一刀を放った。

兵庫は、咄嗟に胴田貫で宮本織部の鋭い斬り込みを弾《はじ》き返した。

火花が散った。
兵庫と宮本織部は、互いに大きく飛び退《の》いて対峙《たいじ》した。
宮本織部は息を乱さず、穏やかな面持ちで刀を下段に構えた。
兵庫は、胴田貫を青眼《せいがん》に構えた。
宮本織部には焦りや昂りはなく、静けさを漂わせていた。
強い……。
兵庫は、裏柳生刺客一之組頭の宮本織部の強さを知った。
宮本織部の強さは、剣の腕だけではなく穏やかな心にもあるのだ。
兵庫は、微かな戸惑いを覚えた。次の瞬間、白崎と桑原が兵庫に斬り付けた。
兵庫は、振り返り態《ざま》に白崎と桑原の首の血脈を刎《は》ね斬った。
胴田貫が瞬いた。
白崎と桑原は、首から血を噴いて兵庫に倒れ掛かった。
兵庫は思わず躱し、体勢を崩した。
宮本織部は、その隙を衝いて兵庫に斬り付けた。
刃音が鋭く鳴った。
体勢を立て直す暇はない……。

兵庫は、咄嗟に昌平橋の欄干から神田川に身を投げ出した。

水音が鳴り、水飛沫《みずしぶき》が月明かりに煌《きら》めいた。

宮本織部は、神田川を見下ろした。

流れは既に水飛沫を消し、兵庫の姿を飲み込んでいた。

「おのれ……」

宮本織部は、神田川を見下ろした。

神田川の流れには、月影が蒼白《あおじろ》く揺れていた。

「お頭……」

佐平次が、駆け寄って来た。

「佐平次、黒木兵庫は遠くない処で岸辺にあがるだろう。探してみろ」

「心得ました」

佐平次は、首の血脈を刎ね斬られて死んでいる白崎と桑原に眉をひそめた。

「白崎と桑原の骸《むくろ》は私が片付ける。行け……」

「はっ……」

佐平次は、神田川の下流である柳橋《やなぎばし》に向かって走った。

「黒木兵庫か……」

宮本織部は、同僚である裏柳生刺客組頭の不動、双竜、道悦たちを斃した兵庫の腕を見届けた。

「面白い……」

宮本織部は、小さな笑みを浮かべた。

三

神田川に架かる橋は、昌平橋の次に筋違御門、和泉橋《いずみばし》、新し橋《あたらばし》、浅草御門、柳橋と続いていた。

兵庫は、筋違御門の下を流れ、和泉橋の橋脚《きようきやく》に取り付いた。そして、橋脚を伝って和泉橋の下に這《は》い上がって息を整えた。

裏柳生刺客一之組頭の宮本織部……。

兵庫は、宮本織部に言い知れぬ恐ろしさを感じた。

月は蒼白く輝いていた。

兵庫は、後を追って来る者を窺った。

追って来る者の気配はなかった。

振り切った……。

兵庫は見定め、和泉橋の袂にあがった。
濡れた着物から大量の水が滴《したた》り落ちた。
兵庫は、神田川沿いの道を横切り、目の前の御徒町《おかちまち》に向かった。
兵庫は、夜の静けさに包まれている御徒町の武家屋敷街を急いだ。
佐平次は、和泉橋の袂から御徒町に向かって地面が水に濡れているのに気付いた。
黒木兵庫だ……。
佐平次は、地面に水の滴りを探した。
水の滴りは、和泉橋の袂から御徒町に続いていた。
黒木兵庫は、神田川から和泉橋の袂に上がり、御徒町に進んだ。
佐平次は睨み、水の滴りを探しながら進んだ。
夜風が吹き始めた。
入谷鬼子母神の木々は、夜風に微かな葉音を鳴らした。
兵庫は、周囲を鋭く窺った。

夜の静けさには、風が揺らす木々の葉音だけが鳴っていた。

変わった気配はない……。

兵庫は、見定めて鬼子母神裏の瑞泉寺に向かった。

瑞泉寺は山門を開いていた。

兵庫は、瑞泉寺の境内に入って本堂裏の家作に進んだ。

「兵庫か……」

道源の嗄れ声が、本堂の階《きざはし》の暗がりから兵庫を呼び止めた。

「これは道源さま……」

兵庫は、本堂の階の暗がりに腰掛けていた道源に気付かなかった。

迂闊《うかつ》だった……。

兵庫は、道源に気付かなかった己を恥じた。

「御無礼致しました」

兵庫は詫《わ》びた。

「いろいろあったようだな……」

道源は、兵庫の濡れた着物と微かな血の臭《にお》いから読んだ。

「はい……」

兵庫は頷いた。

「御苦労だったな……」

道源は兵庫を労《ねぎら》った。

「いえ。それより、道源さまは何を……」

兵庫は眉をひそめた。

「月見じゃ……」

道源は、蒼白い月を見上げて笑った。

「月見……」

兵庫は、道源の視線の先を追った。

蒼白い月が冷たく輝いていた。

「兵庫、嘉門と虎松さまが待っておいでじゃ。早く戻るが良い」

道源は、蒼白い月を見上げたまま命じた。

「はい。では、御無礼致します」

「うむ……」

道源は頷いた。

兵庫は、道源に一礼をして本堂裏の家作に向かった。

今日はもう充分に人を斬った……。
道源は、兵庫の後ろ姿を見送った。
門前の闇が僅かに揺れた。
人……。
道源は、己の気配を消した。
人影は地面を窺い、境内を見廻しながら入って来た。
佐平次だった。
道源は、本堂の暗い階に腰掛けたまま佐平次を見守った。
佐平次は、瑞泉寺の暗い境内から本堂の裏手に廻り込もうとした。
道源は、入って来た男が兵庫を追って来たと睨んだ。
「当寺に用か……」
道源は、嗄れ声を掛けた。
佐平次は、不意に投げ掛けられた道源の声に激しく狼狽《うろた》えた。
道源は、本堂の暗い階から鶴のように痩せた体軀《たいく》を現わした。
佐平次は、現われたのが痩せた老僧だったのに微かに安堵した。
「これはお坊さま……」

道源は、杖《つえ》を突きながら階を降り、佐平次に近付いた。

「お前さん、裏柳生の手の者だな……」

道源は、顔の皺《しわ》を深くして佐平次に笑い掛けた。

佐平次は、道源の笑顔と裏腹の言葉に戸惑い、思わず懐の匕首《あいくち》を握った。

「やはり、そうか……」

道源は笑い、杖を突いて佐平次に向かって踏み出した。

佐平次は身構えた。

道源は、風に吹かれるように佐平次に近付き、佐平次の顔に杖を突き付けた。

佐平次は、思わず杖から逃れようとした。

「動くな……」

間髪《かんはつ》を容《い》れず、道源は佐平次に命じた。

「動けば杖がお前さんの眼を潰す」

道源は微笑んだ。

皺だらけの笑顔の中の眼は、悪戯《いたずら》を楽しむ子供のもののように輝いた。

佐平次は凍《い》て付《つ》いた。

道源は、無邪気に輝く眼で佐平次を見据えていた。

「念の為に尋ねるが、追って来たのは、お前さん一人だな」

道源は念を押した。

佐平次は、顔を仰《の》け反《ぞ》らせながら微かに喉を上下させて頷いた。

「そうか。御苦労だったな」

道源は、佐平次の顔に突き付けていた杖を僅かに動かした。

佐平次は、喉を鋭く突かれて眼を丸くして悶絶《もんぜつ》した。

「道源さま……」

大柄な青年僧と寺男《てらおとこ》がやって来た。

「源心《げんしん》、辰造《たつぞう》。縛りあげて土蔵に放り込んでおきなさい」

道源は命じた。

「はい……」

青年僧の源心と寺男の辰造は、悶絶した佐平次を縛り、担ぎ上げて庫裏《くり》に立ち去った。

「さあて……」

道源は、風に吹かれるかのように揺れながら本堂の裏手に向かった。

兵庫は、土蔵に赴いて悶絶している佐平次の顔を見定めて家作に戻った。

嘉門と道源が、居間の囲炉裏端で茶をすすっていた。

「如何であった」

嘉門は、兵庫に尋ねた。

「はい。迂闊でした。裏柳生の手の者に相違ありません」

「そうか。流石《さすが》は道源さま。良くお気付きになられましたな」

「なあに、此の歳になると息も細く、身体の匂いも薄れる。まあ、道端の石ころや草木と同じでな。いるのに気付かぬ者は大勢いる」

道源は笑った。

「成る程……」

嘉門は苦笑した。

「それにしても、杖で喉を一突きとは……」

兵庫は感心した。

「それより兵庫、此処も何《いず》れは突き止められる。斉脩さまと虎松君の対面は早い方が良さそうだな」

道源の眼が僅かに輝いた。

「兵庫、儂も道源さまの仰《おお》せの通りだと思うが……」

嘉門は頷いた。

「しかし、裏柳生刺客一之組の宮本織部はかなりの遣い手。それに配下の刺客共がいるとなると……」

兵庫は眉をひそめた。

「上屋敷の者共に報せて事を荒立てては、お家の騒ぎが知れ、水戸徳川家は天下の笑い者。公儀からどのようなお咎《とが》めを受けるか……」

道源は睨んだ。

「はい。如何に御三家であろうとも、只では済まぬでしょう」

嘉門は読んだ。

「憎むべきは、将軍家息女を笠に着る正室の峰姫か……」

道源は苦笑した。

「左様、御三家水戸徳川家の御正室とは思えぬ心の狭さ。呆《あき》れ返るばかりにございます」

嘉門は眉をひそめた。

「父上。柳生幻也斎には、虎松さまのお命を狙えば、峰姫さまのお命を貰うと云ってあります」

兵庫は、微かな嘲りを滲ませた。

「峰姫を襲い、裏柳生の者共を惑わすか……」

嘉門は、兵庫の云おうとしている事を読んだ。

「はい。幸いな事に殿のおられる上屋敷と峰姫のいる中屋敷は目と鼻の先。中屋敷の峰姫が襲われたと聞けば、おそらく宮本織部は配下の者共を走らせるでしょう。その隙に……」

「虎松さまを上屋敷にお連れ致すか……」

「はい。如何でしょう……」

兵庫は、嘉門の返事を待った。

「うむ……」

嘉門は迷いを滲ませた。

「面白いな……」

道源は笑った。

「道源さま……」

兵庫は、微かな戸惑いを過らせた。

「うむ。面白い、まことに面白い……」

道源は、子供のように無邪気に笑った。

「よし。やってみるか……」

嘉門は腹を決めた。

「はい……」

兵庫は頷いた。

小石川御門外の水戸藩江戸上屋敷は、藩主斉脩が登城して穏やかな気配が漂っていた。

裏柳生刺客一之組の者たちは、上屋敷の周囲に潜んで虎松が現われるのを待っていた。

昨夜、佐平次は戻らなかった。

それが何を意味するのか……。

裏柳生刺客一之組頭の宮本織部は、思いを巡らせた。

佐平次は、黒木兵庫を見つけて追い、虎松の居場所を突き止めた。だが、報せに戻って来てはいない。それは、佐平次が不都合な事態に陥っている証《あか》しだ。

黒木兵庫と虎松は間もなく動く……。

宮本織部の予感が告げた。

兵庫は、本郷追分の水戸藩江戸中屋敷を訪れ、正室の峰姫に拝謁《はいえつ》を願い出た。

中屋敷を見張っていた裏柳生刺客一之組の刺客たちは、兵庫が峰姫に拝謁を願い出たのに戸惑った。そして、上屋敷を見張っている頭の宮本織部の許に人を走らせた。

兵庫は、広間の庭先で待たされた。

庭先に控えた兵庫は、幾つもの殺気を含んだ鋭い視線を感じた。

裏柳生の刺客たちは、既に中屋敷を見張って兵庫の襲撃に備えていた。

正室の峰姫が、老女の佐和と側役の家来たちを引き連れて広間に現われた。

兵庫は平伏した。

峰姫は、平伏している兵庫を般若《はんにゃ》のような形相《ぎょうそう》で睨み付けた。

「その方が黒木兵庫か……」

老女の佐和が、金切り声をあげた。

「はっ。御納戸方刀番黒木兵庫にございます」

「その方、何の遺恨があって峰姫さまの邪魔を致す」

佐和は、金切り声を震わせた。

「峰姫さまの邪魔……」

兵庫は、顔をあげて峰姫と佐和を見据えた。

「左様。峰姫さまの邪魔だ」

佐和は、峰姫の威《い》を借りて兵庫を怒鳴った。

語るに落ちるだ……。

兵庫は、湧き上がる苦笑を押さえた。

「峰姫さまの邪魔とは、某《それがし》が裏柳生の刺客から虎松君を御護りして江戸に来た事ですかな」

兵庫は斬り込んだ。

「そ、それは……」

佐和は狼狽した。

如何に峰姫でも、虎松を刺客から護って来た事を邪魔したとは云えない。

邪魔をしたと云えば、峰姫が裏柳生の刺客に虎松抹殺を命じたのを認める事になるのだ。

「おのれ……」

峰姫は、怒りに震えた。

「峰姫さま、某が拝謁を願い出た用は只一つ。今直《す》ぐ裏柳生に手を引かせるのが、峰姫さまの為かと……」

兵庫は、峰姫を見据えて不敵に云い放った。

宮本織部は、黒木兵庫が本郷追分の中屋敷に現われたのを報された。

虎松の命を狙う限り、峰姫の命を貰う……。

兵庫は、その言葉を実行しようとしているのかもしれない。

宮本織部は、上屋敷を見張る配下の殆どを本郷追分の中屋敷に急がせた。

僅かな時が過ぎた。

裃《かみしも》姿の若い武士が、神田川に架かる小石川御門を渡って水戸藩江戸上屋敷に入った。

水戸藩藩主斉脩が下城して来る先触《さきぶ》れだ。

宮本織部は、神田川沿いの道を見渡して武家の男の子の姿を捜した。だが、やって来る武家の男の子はいなかった。

兵庫が、中屋敷の峰姫の許に行っている限り、虎松が一人で来る筈はない。

宮本織部は、過敏になっている己に苦笑した。

裏柳生と宮本織部は、兵庫と虎松が嘉門や道源と一緒にいる事を知らなかった。

水戸藩江戸上屋敷から中間《ちゅうげん》や小者たちが現われ、表門の前を掃除した。そして、出迎えの家来たちが出て来た。

大名の行列が、小石川御門からやって来た。

大名行列の乗り物は、将軍・御三家・御三卿などが使う溜塗惣網代棒黒塗《ためぬりそうあじろぼうくろぬり》だった。

水戸徳川家の主・斉脩の下城行列だった。

斉脩の下城行列は小石川御門を渡り、水戸藩江戸上屋敷に進んだ。

家来たちは、小石川御門と水戸藩江戸上屋敷の間の人通りを止めた。

行き交う者たちは、道の端に控えて斉脩の行列が横切るのを待った。

宮本織部は見守った。

「暫く、暫くお待ち下され」

控えていた通行人の中から嘉門が現われ、斉脩の乗り物の脇に土下座した。

供侍《ともざむらい》たちは、嘉門を取り押さえようとした。

「殿、某は元御納戸方刀番の黒木嘉門にございます」

嘉門は、大声で名乗った。

「おお、黒木どのだ……」

供侍たちは驚き、嘉門を取り押さえるのを躊躇《ためら》った。

「嘉門どの、隠居の身で何事だ」

近習頭の佐々木主水《ささきもんど》が駆け付け、眉をひそめて嘉門に問い質した。

「これは佐々木どの。国元においでになる虎松君、殿拝領の袴着の祝いの御礼言《ごん》上《じょう》にお見えにございます」

嘉門は、近習頭の佐々木に答えるように乗り物の中の斉脩に告げた。

「なに、虎松が来ているとな……」

乗り物の戸が開き、水戸藩主の徳川斉脩が顔を見せた。

「殿、黒木嘉門にございます」

嘉門は平伏した。

「うむ。嘉門、久しいのう……」

納戸方刀番は身分は低くても、藩主収蔵の刀の管理手入れをする役目であり、藩主との直答《じきとう》を許されていた。

「ははっ……」

「して、虎松は……」

「はっ……」

嘉門は、控えている通行人たちを振り返った。

控えている通行人たちの背後から、虎松が五平を従えて出て来た。

虎松は、斉脩から贈られた袴と裃を着て脇差を帯びていた。

「おお、虎松か……」

斉脩は、顔を綻ばせた。

「御父上さま、お久しゅうございます」

虎松は、緊張した面持ちで斉脩を見つめて大声で挨拶をした。

「うむ。よう出来た虎松。さあ、これに参れ」

斉脩は、虎松を乗り物に招いた。

虎松は、嘉門を窺った。

嘉門は微笑み、頷いた。

虎松は頷き、斉脩の乗り物に進んだ。

供侍たちが、虎松を斉脩の乗り物に乗せた。

「大きくなったな虎松、話は屋敷で聞こうぞ」

「はい」

虎松は、嬉しげに頷いた。

「嘉門、仔細《しさい》を聞かせて貰おう。共に参るが良い」

斉脩は、微かな厳しさを過らせた。

「ははっ……」

嘉門は、乗り物の脇に付いた。

斉脩の行列は、水戸藩江戸上屋敷の表門を潜って入って行った。

表門は軋《きし》みをあげて閉められた。

道端に控えていた通行人たちが行き交い始めた。

出し抜かれた……。

宮本織部は立ち尽くした。

兵庫が、峰姫のいる本郷追分の中屋敷を訪れたのは囮《おとり》だった。

裏柳生の刺客を引き付け、父親の黒木嘉門が虎松を斉脩に逢わせた。

おのれ、黒木兵庫……。

宮本織部は、兵庫に見事に出し抜かれた己を嘲笑った。
虎松は、父親である水戸斉脩と対面した。だが、刺客の使命が終わった訳ではない。
刺客の使命は必ず果たす……。
宮本織部は、冷たい笑みを滲ませた。

四

兵庫は、本郷追分の水戸藩江戸中屋敷の潜り戸を出た。
殺気が集中された。
裏柳生の刺客……。
兵庫は、来た時より殺気を含んだ刺客の視線が増えたのを知った。
それは、上屋敷を見張っていた刺客たちを引き寄せた証しだった。
そこ迄は狙い通りだ……。
兵庫は苦笑した。
父上は、虎松君を上手《うま》く殿に対面させたのか……。
裏柳生刺客一之組頭の宮本織部はどうしたのか……。

兵庫は、本郷の通りを小石川に急いだ。

刺客たちの殺気を含んだ視線は、兵庫から離れる事はなかった。

小石川御門外の水戸藩江戸上屋敷は、表門を閉ざして厳重な警固態勢を敷いていた。

兵庫は、上屋敷の周囲に宮本織部と裏柳生の刺客を捜した。だが、宮本織部や刺客たちの気配を摑《つか》む事は出来なかった。

兵庫は、潜り戸を叩いて己の名と役目を告げて上屋敷に入った。そして、近習の案内で御座之間に通された。

御座之間には、斉脩と虎松、そして嘉門と近習頭の佐々木主水がいた。

兵庫は、次の間に控えた。

「おう。兵庫、仔細《しさい》は嘉門と虎松から聞いた。虎松を護っての水戸からの道中、大儀であった。これに参れ」

斉脩は兵庫を労い、御座之間に招いた。

「勿体《もったい》ないお言葉、畏れいります」

兵庫は、御座之間に進んだ。

「それで、裏柳生の刺客共は……」

斉脩は眉をひそめた。

「はい。この上屋敷と中屋敷に張り付いております」

兵庫は、庭先や床下、そして天井を窺った。

「不審はない……」

嘉門は告げた。

「はい……」

兵庫は頷いた。

「ならば兵庫、裏柳生の刺客は今でも虎松君を……」

佐々木は眉をひそめた。

兵庫は、宮本織部の穏やかな面持ちを思い浮かべた。

穏やかさの裏には、刺客としての意地と執念深さが秘められている。

「はい。間違いございますまい……」

兵庫は頷いた。

「この警固の厳しい上屋敷に忍び込むと申すか……」

斉脩は苛立ちを滲ませた。

「殿、裏柳生の刺客共は、水戸の城の護りを破った手練《てだ》れ。決して油断はなりませぬ」

佐々木は、それとなく斉脩を窘《たしな》めた。

「おのれ。よし。嘉門、兵庫、そなたたち此《これ》より上屋敷に止《とど》まり、虎松を護ってくれ」

「ははっ……」

兵庫と嘉門は、斉脩の命令に頷いた。

「佐々木、本郷の中屋敷に人数を送り、峰姫たちを一歩も外に出すな」

「心得ました」

佐々木は頷いた。

「それにしても峰姫。将軍家息女を良い事に愚かな真似をしてくれたものだ……」

斉脩は、深々と溜息を洩らした。

兵庫は、将軍家に押し付けられた正室を持つ斉脩に少なからず同情した。

「おのれ、黒木兵庫。虎松を斉脩に逢わせただと……」

裏柳生総帥の柳生幻也斎は、嗄れ声を怒りに震わせた。

「はい。黒木兵庫が中屋敷の峰姫さまの許に訪れ、刺客一之組の者たちを引き付けた隙を衝き、父親の黒木嘉門なる者が虎松を下城して来た斉脩に引き合わせたそうにございます」

近習の榊菊之助は告げた。

「おのれ、黒木兵庫。して、宮本織部は如何致した」

「虎松を必ず葬ると……」

「なに……」

幻也斎は戸惑った。

「斉脩が嫡子と公儀に届ける前に……」

菊之助は告げた。

「斉脩が公儀に届け出をせぬ限り、虎松は庶子に過ぎぬか……」

幻也斎の眼が妖しく輝いた。

「はい。そして、宮本織部どの、黒木兵庫も斃すと……」

「黒木兵庫も……」

幻也斎は眉をひそめた。

「はい……」

「菊之助、織部に伝えい。己は剣客ではなく刺客だとな……」

幻也斎は、宮本織部が剣客である事を優先するのを恐れた。

「心得ました。それからお館さま、水戸の忍び草が参っております」

「来たか……」

「はい……」

「よし。通すが良い……」

幻也斎は、冷酷な笑みを浮かべた。

水戸藩江戸上屋敷は、屋敷内の要所に篝火《かがりび》を焚《た》いて見張りの番士を置き、見廻りは途切れる事なく続けられた。

虎松は、奥御殿の座敷を与えられた。

兵庫と嘉門は、与えられた侍長屋に五平を残し、虎松の許に詰めた。

夜は更け、広大な敷地に建つ江戸上屋敷は闇と静寂に覆われた。

亥《い》の刻四つ（午後十時）を告げる寺の鐘の音が、遠くから微かに聞こえた。

虎松は眠りに就いた。
嘉門は虎松の眠る座敷の次の間、兵庫は廊下にそれぞれ宿直《とのい》した。
座敷の外には、見廻りの家来たちの足音が通り過ぎて行った。
僅かな時が過ぎた。
「曲者《くせもの》だ。出会え、出会え……」
上屋敷の一隅から怒声があがり、刀の打ち合う音が響いた。
裏柳生の刺客……。
兵庫は、胴田貫を握った。
「兵庫……」
嘉門が、次の間から声を掛けて来た。
「父上。見て参ります……」
兵庫は、胴田貫を握り締めて立ち去った。
嘉門は、眠っている虎松を見守った。
虎松は、五歳の幼子らしくあどけない寝顔で眠っていた。
嘉門は微笑んだ。
刹那、二人の裏柳生の刺客が現われ、嘉門に襲い掛かった。

嘉門は、咄嗟に抜き打ちの一刀を放ち、二人の刺客と鋭く斬り結んだ。
二人の刺客は、嘉門を老人と侮《あなど》って力攻めに押した。
嘉門は後退した。
「爺《じい》……」
虎松は眼を覚ました。
「虎松さま、お逃げなされ」
嘉門は叫んだ。
虎松は、蒲団《ふとん》の上に立ち上がった。
裏柳生刺客一之組頭の宮本織部が、虎松の前に現われた。
虎松は怯んだ。
宮本織部は、虎松に穏やかに微笑み掛けた。
「下がれ。無礼者」
虎松は、幼いながらも必死に叫んだ。
宮本織部は、微笑みを浮かべながら虎松に抜き打ちの一刀を放った。
虎松は、思わず眼を固く瞑《つぶ》った。
刃が咬《か》み合う音が甲高く響いた。

宮本織部の虎松に放たれた一刀は、兵庫の胴田貫が受け止めていた。

「黒木兵庫……」

宮本織部は狼狽えた。

「宮本織部、騒ぎを起こしての下手な小細工は無用……」

兵庫は、苦笑しながら宮本織部を押し飛ばした。

宮本織部は背後に跳び、誘うように外に走り出た。

兵庫は、嘉門と二人の刺客を振り返った。

嘉門は、既に刺客の一人を倒し、残る一人と激しく斬り結んでいた。

「追え、兵庫……」

嘉門は、残る刺客と斬り結びながら叫んだ。

「しかし……」

兵庫は迷い、躊躇《ためら》った。

「嘉門どの、兵庫……」

佐々木主水を頭とした近習たちが、駆け付けて来た。

兵庫は、宮本織部を追って外に出た。

宮本織部は、穏やかな微笑みを浮かべ、誘うように庭の奥に走った。

兵庫は、猛然と宮本織部に迫った。

水戸藩江戸上屋敷は広大な敷地を誇り、庭の奥には雑木林や小さな丘がある。

宮本織部は雑木林に走った。

兵庫は追った。

雑木林には、上屋敷の明かりや斬り合う様子は届いてはいなかった。

宮本織部は、立ち止まって振り向いた。

兵庫は、充分な間合いを取って対峙《たいじ》した。

「どうやら刺客の役目、果たせはしないようだな……」

宮本織部は苦笑した。

「ならば、早々に立ち去れ……」

兵庫は、宮本織部の真意を探ろうとした。

「そうは参らぬ……」

宮本織部は微笑みを消した。

兵庫は身構えた。

「刺客の役目は果たせなかったが、おぬしとの勝負には勝つ……」

宮本織部は、刀を青眼に構えた。

兵庫は、胴田貫を下段に構えて切っ先を雑草に隠した。
宮本織部は、刺客より剣客としての生き方を選んだのかもしれない。
兵庫は睨んだ。
宮本織部は、静かに間合いを詰めた。
兵庫は、刀を下段に構えたまま僅かに後退し、間合いを保った。
宮本織部は、刀を青眼から上段に構えながら間合いを詰めた。
兵庫は、後退せず踏み込んだ。
宮本織部は、刀を上段から鋭く斬り下げた。
兵庫は、雑草の中に切っ先を潜めていた刀を斬り上げ、地を蹴った。
雑草は千切れ飛び、胴田貫の切っ先は煌めきを放って伸びた。
兵庫と宮本織部は交錯した。そして、素早く振り返り、再び対峙した。
兵庫の額から血が流れた。
「刀の切っ先を草に隠し、間合いを読ませぬか。黒木、何流だ……」
宮本織部は苦笑した。その左肩が僅かに斬られ、着物に血が滲んでいた。
「黒木家家伝無双流《むそうりゅう》……」
「無双流……」

宮本織部は眉をひそめた。

「左様……」

兵庫は頷いた。

「知らぬな……」

宮本織部は戸惑ったように小首を捻《ひね》り、兵庫に鋭く斬り付けた。

兵庫は、斬り結びながら後退した。

宮本織部の攻撃は、間断なく続いた。

兵庫は尚も後退し、立ち木に背を当ててよろめいた。

宮本織部は、体勢を崩した兵庫に上段からの一刀を鋭く放った。

兵庫は、崩れた体勢のまま身体を投げ出して躱し、胴田貫を横薙ぎに一閃した。

宮本織部は、胸を下から横薙ぎに斬られて凍て付いた。

兵庫は、素早く立ち上がった。

「黒木兵庫……」

宮本織部は苦しげに云い、胸から血を流して雑草の中に倒れ込んだ。

兵庫は、息を整えながら宮本織部を窺った。

宮本織部は、顔を怒りに醜く歪《ゆが》めて絶命していた。

刺客として穏やかな微笑みを浮かべていた時とは、別人のような形相だった。

宮本織部の怒りに醜く歪めた顔は、剣客として死んだ証しなのかもしれない。

兵庫は、胴田貫に懐紙で拭いを掛けた。


裏柳生刺客一之組の襲撃は終わった。

虎松は、兵庫と嘉門の働きによって護られた。

斉脩は、裏柳生の襲撃の一切を闇の彼方に封じ込んだ。

事の次第を明らかにすれば、正妻の峰姫の企てだと露見し、水戸藩はお家騒動と家中取締り不行届きとなる。そうなれば、如何に御三家と云えども公儀のお咎めは免れず、その権威は地に落ちる。

斉脩はそれを恐れた。

だが、それで良いのか……。

兵庫は心配した。

水戸藩が事を封印すればする程、それは秘密になり、弱味になる。

暗殺依頼に失敗した裏柳生は、それを黙って放って置く筈はないのだ。

裏柳生はその弱味を使い、いつか必ず水戸藩に禍《わざわい》を及ぼす。禍を未然に防ぐには、裏柳生の総帥である幻也斎を討ち果たすしかないのだ。

兵庫は、密かに覚悟を決めた。


上大崎の柳生藩江戸下屋敷は、夜明け前の薄明るさに包まれていた。

兵庫は、閉じられている表門前に佇んだ。

鋭い視線が、長屋門の武者窓から投げ掛けられた。

下屋敷にいる裏柳生の者たちは、既に兵庫が来たのに気付いている。

「柳生幻也斎、大勢の配下の者に命を棄てさせ、己は身を縮めて隠れているだけか……」

兵庫は、下屋敷に嘲笑を浴びせた。

「怒らせて引《ひ》き摺《ず》り出すか……」

笑いを含んだ嗄れ声がした。

兵庫は身構えた。

「子供騙《だま》しの下手な芝居は止《や》めるのだな」

嗄れ声は続いた。

兵庫は苦笑した。

下屋敷の表門が軋みをあげて開いた。

白い総髪の男が、門内に一人佇んでいた。

柳生幻也斎……。

兵庫は見定めた。

幻也斎は、表門から出て来た。

「黒木兵庫か……」

幻也斎は、兵庫と対峙した。

「如何にも、柳生幻也斎だな……」

「命を棄てに来たか……」

幻也斎は、侮りを過《よぎ》らせた。

「いや。命を取りに来た」

「取れるかな……」

幻也斎は、微かな怒りを過らせた。

「取る……」

兵庫は笑った。

刹那、幻也斎は抜き打ちの一刀を放った。

兵庫は、胴田貫を抜いて幻也斎の一刀を受け止めた。そして、左手で素早く脇差を抜いて幻也斎の腹を突き刺した。

一瞬の出来事だった。

「お、おのれ……」

幻也斎は、呆然《ぼうぜん》とした面持ちで立ち竦《すく》んだ。

驚く程、呆気《あっけ》ない勝負だった。

長屋門の武者窓から一斉に弩が射られた。

兵庫は、咄嗟に立ち竦んでいる幻也斎を摑まえて盾にした。

何本もの弩の短い矢が、幻也斎の身体に音を立てて突き刺さった。

弩の攻撃は止まった。

兵庫は、幻也斎を盾にして後退《あとずさ》りした。

「射て。儂もろとも黒木を射抜け……」

幻也斎は、白い総髪を振り乱して苦しげに命じた。

弩から短い矢が射られた。

兵庫は、幻也斎を盾にし続けた。

短い矢は唸《うな》りをあげ、次々と幻也斎の身体に突き刺さった。

幻也斎は、全身に弩の矢を受けて苦しげに呻《うめ》いた。

「幻也斎……」

「未だ終わってはおらぬ……」

幻也斎は、死相の浮かんだ顔で引《ひ》き攣《つ》ったように笑った。

「なに……」

兵庫は眉をひそめた。

幻也斎の身体は、兵庫の腕の中で不意に重くなった。

死んだ……。

兵庫は、柳生幻也斎の死を知った。

榊菊之助たち裏柳生の者たちが、表門から猛然と飛び出して来た。

兵庫は、幻也斎の死体を突き離して身を翻した。

幻也斎の死体は、菊之助たちの前に倒れ込んだ。

「お館さま……」

菊之助たち裏柳生の者たちは、幻也斎の死体の傍に呆然と立ち尽くした。

五

兵庫は、目黒川沿いを走った。

裏柳生の者が、追って来る気配はなかった。

未だ終わってはおらぬ……。

幻也斎は、そう云って死相の浮かんだ顔で笑った。

何が未だ終わっていないのだ……。

兵庫は、思いを巡らせた。

終わっていないのは、虎松の暗殺依頼の事なのだ。

幻也斎は新たな刺客を既に放っているのか、それとも混乱させるのを狙って云い残したのか……。

兵庫は困惑した。

昇る朝陽は、目黒川を煌めかせ始めた。

小石川御門外、水戸藩江戸上屋敷の周囲から裏柳生の者たちの気配は消えた。

兵庫たちは、柳生宗家の対馬守が裏柳生の者たちを抑えたと睨んだ。おそらく対馬守は、裏柳生の失敗が公儀に知れるのを恐れたのだ。公儀に知れるのを恐れたのは、水戸藩も同じだった。事は闇の彼方に葬られた。しかし、斉脩は近習頭の佐々木主水に命じて屋敷の警戒を続けさせた。

「どうやら終わったようだな……」

嘉門は、五平の淹《い》れた茶をすすった。

「そう思いますが……」

兵庫は言葉を濁した。

「兵庫は、幻也斎の云い残した言葉が気になるのか……」

嘉門は眉をひそめた。

「はい」

兵庫は頷いた。

「兵庫、裏柳生には木霊崩《こだまくず》しと称する技があると聞く……」

「木霊崩し……」

「うむ。気になる事を吹き込み、心配させ疑心暗鬼にさせて相手の心を乱し、隙を作らせるそうだ」

嘉門は説明した。

「父上は、幻也斎が私に木霊崩しを掛けたと仰《おつしや》るのですか……」

「分からぬ。だが兵庫、お前は今、幻也斎の云い残した言葉を木霊のように受け止め、疑心暗鬼に駆られている……」

「まさに、木霊崩しに掛かっていますか……」

兵庫は苦笑した。

「左様……」

「分かりました父上。その時はその時ですな」

「うむ……」

嘉門は笑った。


虎松は、七五三の袴着の祝い迄、江戸にいる事となった。

黒木兵庫は、守役《もりやく》として虎松の傍に残るよう斉脩に命じられた。そして、嘉門は五平を伴って水戸に帰る事になった。

虎松は嘉門に懐いており、別れを惜しんだ。

「虎松さま、爺は水戸の御母上さまに虎松さまが江戸迄の道中、如何に御立派だったかお報せしなければなりませぬ」

嘉門は、虎松に言い聞かせた。

「はい。御母上さまはきっとお褒め下さいますぞ」

「母上に……」

「うん……」

虎松は、嬉しげに頷いた。

嘉門は、五平を従えて出立した。

兵庫と虎松は、水戸藩江戸上屋敷の門前で嘉門と五平を見送った。

虎松は、嘉門と五平の姿が見えなくなる迄、小さな手を振った。

「兵庫……」

兵庫は、呼び掛けた者に振り向いた。

旅姿の相良竜之介が、塗笠を取って笑った。

「おお。竜之介ではないか……」

相良竜之介は、国元の勘定方で兵庫の幼馴染《おさななじ》みだった。

「どうした」

「うむ。急な役目でな……」

竜之介は、笑いながら言葉を濁した。

「そうか。ま、話は落ち着いてからだ」

兵庫は、竜之介を上屋敷に入るように促した。

「ああ……」

竜之介は頷いた。

「さあ、虎松さま……」

兵庫は、虎松を連れて上屋敷に戻ろうとした。

刹那、兵庫は背後に鋭い殺気を感じ、咄嗟に胴田貫を抜き態《ざま》に一閃した。

血が飛んだ。

相良竜之介が、抜き身を握り締めて顔を歪めて立っていた。

「竜之介……」

兵庫は、咄嗟に斬った相手が竜之介だと気付いて戸惑った。

殺気を漲《みなぎ》らせたのは竜之介……。

竜之介は、着物の胸元を血に染め、虎松に対して抜き身を翳した。

「虎……」

兵庫は、虎松に背を向けた。

虎松は、兵庫の背に飛び乗ってしがみついた。

竜之介は、虎松を背負った兵庫に迫った。

「何故だ」

兵庫は混乱した。

竜之介は、鋭く斬り掛かった。

刃風が鳴った。

兵庫は、胴田貫で竜之介の刀を弾《はじ》き飛ばし、腰を沈めながら袈裟懸《けさが》けに斬り下ろした。

確かな手応《てごた》えがあった。

兵庫は、残心《ざんしん》の構えを取った。

竜之介は、土煙を巻き上げて倒れた。

「竜之介……」

兵庫は、倒れた竜之介を呆然と見下ろした。

「ひ、兵庫……」

竜之介は声を嗄《か》らした。

「何故だ、竜之介……」

兵庫は、倒れた竜之介の傍に片膝を突いた。

「兵庫、俺は草《くさ》だ。父祖代々水戸藩に根付いた裏柳生の草だ……」

竜之介は喉を震わせ、哀しげに顔を歪めた。

「裏柳生の草……」

兵庫は眉をひそめた。

「ああ……」

竜之介は頷いた。そして、眼尻《めじり》から涙を零《こぼ》れ落として息絶えた。

「竜之介……」

兵庫は、虎松を負ぶったまま竜之介の死に顔を見つめた。

零れ落ちた涙の痕は土埃《つちぼこり》に汚れた。

「黒木どの……」

「虎松さま……」

水戸家の家来たちが駆け付けて来た。

兵庫は我に返った。

「国元の相良竜之介だが、どうやら乱心したようだ。急ぎ屋敷内に引き取ってくれ」

兵庫は、駆け付けた家来たちに頼み、虎松を負ぶったまま上屋敷に入った。

家来たちは、竜之介の死体を素早く上屋敷内に運んだ。

中間小者たちが、飛び散った血を掃き消し始めた。

幼馴染みの相良竜之介は、父祖代々水戸藩家臣として根付いた裏柳生の草だった。

未だ終わってはおらぬ……。

柳生幻也斎が云い残した言葉は、相良竜之介の事だった。

草は、正体が露見すれば終わりだ。

幻也斎は、水戸藩に根付かせた草が枯れるのを覚悟で相良竜之介を虎松抹殺の刺客にした。

竜之介は、幻也斎が放った最後の刺客……。

兵庫は知った。

相良竜之介は、生まれ持った己の宿命に従って散った。

兵庫は竜之介を哀れみ、裏柳生の非情さを憎んだ。

斉脩と近習頭の佐々木主水は、相良竜之介を裏柳生の刺客かと兵庫に尋ねた。

兵庫は、幼い頃から仲良く遊んだ竜之介と、その妻や幼い子を思い出した。

相良家が水戸藩に根付いた裏柳生の草だと知れれば、竜之介の妻や幼い子は処刑される。

　兵庫は迷った。

「兵庫……」

　斉脩は眉をひそめた。

「はっ。相良竜之介、幼い頃から某に遺恨を抱き、乱心したようにございます」

　兵庫は、相良竜之介が裏柳生の草であるのを隠し、己に遺恨を抱いて乱心したと告げた。

　乱心者である限り、妻や幼い子が処刑される事はない。

「そうか、乱心したのか……」

　斉脩は、相良竜之介が刺客でなかったと聞き、微かな安堵を過らせた。

「はい」

「兵庫、おぬしの申す通り、相良竜之介がおぬしに遺恨を抱いて乱心し、虎松さまを危ない目に遭わせたとなると、おぬしも只では済まぬぞ」

　佐々木は、兵庫を厳しく見据えた。

「ははっ。確《しか》と心得ております」

　兵庫は、覚悟を決めた。

いざとなれば責めを取れば良い……。

兵庫は、斉脩の御座之間から下がり、虎松の座敷に赴いた。

虎松は、奥女中たちに傅《かしず》かれてぼんやりと庭を眺めていた。

「これは、黒木さま……」

奥女中は、兵庫に困惑の眼差《まなざ》しを向けた。

虎松は、怒ったように兵庫を一瞥した。

「どうかしましたか……」

兵庫は戸惑い、奥女中に尋ねた。

「それが虎松さま、昼餉《ひるげ》を満足にお食べにならず……」

奥女中は、困ったように虎松の食べ残した昼餉を示した。

大名の昼餉は、朝餉と同じに一汁二菜ぐらいの質素な物だ。

虎松は、そうした昼餉を食べ残していた。

「虎松さま……」

「父上……」

虎松は、淋しげな笑みを浮かべた。

「虎松さま。某と虎松さまが父子を装《よそお》ったのは江戸迄の道中の事。最早、その必要はございませぬ。父上はお止め下さい。良いですね」

兵庫は苦笑した。

「うん……」

「処《ところ》で、お腹は空《す》いていないのですか……」

「ううん……」

虎松は、つまらなそうに自分の食べ残した昼餉を見た。

飯には汁が僅かに掛けられていた。

おそらく汁掛け飯にしようとして、奥女中たちに止められたのだ。

兵庫は睨み、飯に汁の残りを全《すべ》て掛けた。

「く、黒木さま……」

奥女中は狼狽えた。

「さあ、虎松さま、お食べなさい」

兵庫は、狼狽える奥女中を尻目に汁掛け飯を勧めた。

「うん……」

虎松は、汁掛け飯を嬉しげに食べ始めた。

「黒木さま。このような、はしたない食べ方は……」

奥女中は眉をひそめた。

「汁掛け飯は虎松さまの大好物。好きに食べさせてあげて下さい」

「はあ……」

「さあ、虎松さま。昼餉を食べ終わって一休みしたら、剣術の稽古をしますぞ」

「うん……」

虎松は、飯を頬張りながら張り切って頷いた。

兵庫は微笑んだ。

斉脩は、虎松をどのように処遇するか未だ分からない。

兵庫は、不意に微かな懸念を覚えた。

水戸徳川家の嫡子になる事は、虎松にとって幸せなのだろうか……。

兵庫は、水戸から江戸迄の厳しい逃亡旅《のがれたび》を思い出した。

虎松は、幼いながらも懸命に闘って来た。

草鞋擦《わらじず》れに苦しみ、腹を減らし、裏切られ、逃げ惑い、恐ろしさに堪《た》え、裏柳生の刺客の溢れる水戸街道を健気《けなげ》に歩き抜いた。

虎松は、数日の道中で日焼けし、生き抜く術《すべ》の欠片《かけら》を掴む程に逞《たくま》しくなった。

兵庫は、虎松が逃亡旅を忘れず、己の行く末を決められる男になるのを願った。

虎松闇討ちの峰姫の企ては、何事もなかったかのように闇に葬られた。死んでいった水戸藩の家来や裏柳生の刺客たちが、最初から此の世にいなかったかの如くに……。

命懸けで斬り合った処で、所詮は大名家を護る道具の一つに過ぎない。

兵庫は、言い知れぬ虚《むな》しさを覚えずにはいられなかった。

逃亡旅は終わった……。

この作品は２０１３年10月に朝日新聞出版より
刊行された作品に加筆訂正を加えたものです。

双葉文庫

ふ-16-61

無双流逃亡剣《むそうりゆうのがれけん》

御刀番《おかたなばん》 黒木兵庫《くろきひようご》

2023年4月15日　第1刷発行

【著者】

藤井邦夫《ふじいくにお》

【発行者】

箕浦克史

【発行所】

株式会社双葉社

〒162-8540 東京都新宿区東五軒町3番28号

［電話］03-5261-4818(営業部)　03-5261-4868(編集部)

www.futabasha.co.jp(双葉社の書籍・コミックが買えます)

【印刷所】

中央精版印刷株式会社

【製本所】

中央精版印刷株式会社

【フォーマット・デザイン】

日下潤一

ISBN978-4-575-67157-5 C0193

Printed in Japan